KB041309

파도치던 인생, 이제 행복합니다

파
도
치
던
인
생,
이
제
행
복
합
니
다

초판   1쇄 발행 2019년 11월 30일

지은이   이상은
펴낸이   한승수
펴낸곳   문예춘추사
편집   김정연
마케팅   박건원
디자인   디자인 홍시

등록번호   제300-1994-16
등록일자   1994년 1월 24일
주소   서울시 마포구 동교로27길 53 지남빌딩 309호
전화   02-338-0084
팩스   02-338-0087
이메일   moonchusa@naver.com

ISBN   978-89-7604-398-6   03810

파도치던 인생, 이제 행복합니다

이
상
은
에
세
이

상담을 통해 만났던 부부, 부모와 자녀,
이웃 등 모든 관계의 갈등구조를 통해 느끼고 배웠던

가정사역자 이상은의
삶을 지나는 통찰과 해법

문예춘추사

프롤로그

나는 1950년 9월, 한국전쟁이 발발한 직후에 태어났다. 시대적으로 어려운 시대에 태어났지만 그래도 좋은 부모를 만나서 행복하고 풍성한 유년시절을 보낸 것으로 기억된다. 대학에 다니던 1970년 10월에 예수 그리스도의 복음을 듣고 분명한 신앙의 길을 발견한 후에 나는 변화된 인생으로 행복한 삶을 살았다. 나의 청년 시절은 참으로 열정적인 신앙생활로 보냈고, 믿음의 남편과 행복한 결혼생활을 누리고 있다. 하나님의 말씀을 전파하고 가르치는 남편을 만나 지금까지 믿음으로 살아가려고 노력하면서 그동안 많은 사역을 감당하게 하신 하나님의 은혜에 감사할 뿐이다.

내 주변에서 갈등과 아픔이 많은 가정들을 보면서 가정상담 사역을 감당했고, 또 방송과 칼럼을 통한 사역, 가정생활 세미나, 자녀교육 세미나 등을 통하여 가정을 회복시키는 일에 정성을 쏟았다. 이제는 두 아들 사이에 손자와 손녀가 여섯 명이 되었고 남편도 목회를 은퇴한 후에 후배와 제자들이 섬기는 세계 각처의 선교지를 방문하여 열심히 가르치고 돕는 선교 사역을 감당하고 있다.

이제 모든 무거운 짐을 내려놓고 숙제를 끝낸 심정으로 홀가분하게 마음의 여유를 누리며 남은 인생을 보람 있고 의미 있게 지내고 싶은 소망이 간절하다. 오늘날의 사람들은 100세 시대를 맞이하면서 인생의 마지막을 어떻게 마칠 것인지에 대한 관심이 많다. 그래서 그동안 내가 배우고 경험한 것들을 통해서 내 책 중에 '화려한 젊음보다 행복한 황혼이 아름답다'는 제목처럼, 더욱 행복한 노년의 삶을 살도록 돕고 싶은 마음이다. 옛 어른들의 말처럼 인생은 생각보다 훨씬 빨리 지나가고 있다. 그러므로 오늘이 남을 섬길 수 있는 가장 좋은 시간이며, 오늘이 우리의 남은 인생 중에서 가장 젊은 때(!)인 것이다. 오늘의 삶을 더 값지게 하고 또 남은 인생을 잘 마무리하기 위해서는 가장 가까운 가족과 친구와 좋은 이웃들과의 만남을 귀하게 여기고 더욱 아름다운 추억을 남겨야 하겠다.

이제 인생을 정리해야 하는 이때에 내가 할 일은 지금까지 하나님께서 부어주신 은혜의 삶을 이웃들과 나누고 섬기는 것이라고 생각된다. 그동안도 행복한 삶을 살아왔고 이제 마지막 아름다운 마무리를 위해서 나의 삶을 나누기를 소망하며 그날까지 열심히 살고 싶다. 이 책은 지난 여러 해 동안 필자가 써온 다양한 칼럼들과 많은 사람을 상담한 내용을 엮은 것으로 이 책을 통해 독자들에게 더욱 행복한 삶이 되도록 돕고 싶은 마음이다. 멋진 책으로 출간해준 문예춘추사의 한승수 대표와 직원들에게 감사를 드린다.

2019년 초여름
이상은

차례

PART 2
일상의 행복

PART 3
행복 에너지

PART 1 행복 레시피

"자유는 공짜가 아니다(Freedom is not free)"란 말이 있듯이 "행복은 우연히 생기는 것이 아니다(Happiness does not happen)". 정말 행복한 삶은 저절로 주어지는 것이 아니라는 말이다. 그것을 위해서는 삶의 지혜가 필요하며 우리 삶의 주변에 있는 것들을 어떻게 생각하고 어떻게 '요리하는가'에 따라서 보다 멋진 인생이 될 수 있다는 것이다.

요즘은 '요리장', 즉 셰프(chef or cook)가 인기 있는 시대가 되었다. 예전에 어머니와 할머니들이 드나들던 부엌과 조리대에서 요즘엔 젊은 셰프들이 능란한 솜씨로 맛있는 음식들을 해낸다. 전과 달리 특별한 음식 재료가 생긴 것이 아니라 지금 구할 수 있는 여러 식재료들을 어떻게 적당하게 넣고 어떻게 조리하는가에 그 맛이 달려있는 것처럼, 우리의 행복도 어느 먼 곳에서 새롭게 재료를 가져와야 하는 것이 아니라 삶의 현장에서 생각을 바꾸고 태도를 바꾸면 얻을 수 있는 것이다.

이 책을 준비하면서 우리 삶의 주변을 되돌아본다. 삶의 여정 가운데 굴곡이 많아서 어느 때에는 환희와 기쁨으로 높이 올라갔다가 어느 때에는 깊고 어두운 계곡에 빠지는 것처럼 낙담하지만, 멀게 보고 또 훗날 뒤돌아보면 그런 롤러코스터 같은 삶의 길이 조금도 이상한 것이 아니라 오히려 '신나는' 여행이라는 걸 깨닫게 된다.

나는 행복한 사람들이 가진 몇 가지 공통적인 특징을 여러 곳에서 찾을 수 있었다.

그는 절망으로 보이는 어둡고 깊은 계곡에서 조용히 흐르는 시원한 샘을 발견한다.

폭우가 쏟아지는 저편 너머에 구름 사이로 열린 작은 믿음의 창문을 통해서 파란 하늘을 본다.

아주 시시해 보이는 작은 일에도 감사하고 얼굴에 말없는 그러나 값진 미소를 결코 잃지 않는다.

버티기 힘든 바람이 강하게 불 때에는 오히려 그 가운데서 더 힘차게 서핑을 즐길 줄 안다.

오도 가도 못 하도록 사방이 막혔을 때에는 고개를 들어 뻥 뚫린 하늘 쪽을 바라본다.

자기의 것을 다 주고 빈 주머니가 되니 이제 더 잃어버릴 것이 없어서 마음이 편안하다.

지나간 것은 지나간 대로 두고 늘 더 나은 내일을 기대하는 믿음이 있다.

여러 해 동안 가정에 관한 많은 상담을 하면서 왜 우리들 사이에 행복이 결핍되어 있는지 다시 생각하게 되었다. 조금만 양보하고 한마디만 '져주면' 일이 잘 풀릴 것인데 그것을 하기가 어렵다. 특히 가족 간의 문제가 우리의 삶을 밝게도 하고 어둡게도 하는 상황을 많이 보았다. 1부에서는 필자가 실제로 상담한 내용의 일부를 소개하면서 '행복 레시피'를 다시 생각해보려 한다.

"아내와 어머니의 갈등으로
너무 힘이 듭니다"

Q "어머니를 모시고 있는 아들로서 아내와의 갈등으로 괴로움을 겪고 있는 가장입니다. 사춘기에 있는 자녀들을 뒷바라지하기도 힘들고 사업도 어려운 상황인데 집에만 들어오면 두 여인 사이의 냉전 때문에 정말 살 맛이 나지 않습니다. 아내의 고충을 이해 못 하는 것도 아니지만 그렇다고 연로하신 어머니를 섭섭하게 해드릴 수는 없는 일이니 정말 답답할 뿐입니다."

• • •

A 많은 가정이 공통적으로 겪고 있는 고부간의 갈등으로 그 사이에서 고민하는 남편의 심정을 이해할 수 있습니다. 아내를 보면 아내가 딱하고 어머니를 생각하면 어머니도 딱하고, 그 사이에 있는 남편의 입장이 정말 어려운 상황이지요! 그렇지만 가장으로서 가정의 질서와 평안을 위하여 회피하고 한숨만 쉴 수는 없는 일이 아니겠어요? 일단 문제가 있는 사실을 있는 그대로 인정하고 받아들이는 것이 중요합니다. 가정이라는 공동체를 이끌어 가는 일이 쉬운 일이 아님을 정말 실감하면서 가장으로서의 지도력을 지혜롭게 발휘하셔야 합니다.

우선 두 여인의 문제가 무엇인지를 확실하게 아셔야 합니다. 아마도 그 문제를 발견하시지 못하는 것이 지금 가장 큰 어려움인지도 모르지요. 그러나 진지하고 깊은 마음의 대화를 하실 수 있다면 두 여인의 마음을 잘 이해하실 수 있을 것입니다. 그들이 진정으로 원하는 것이 무엇인지를 발견하신다면 문제는 쉽게 해결될 수 있다는 희망이 생기게 될 것입니다. 사람은 잔소리나 핀잔이나 강요 때문에 절대로 변화되지 않습니다. 그런데 얼어붙은 마음이나 차가운 마음들도 어떤 한순간의 감동으로 녹아서 마음의 변화를 받게 되면 부정적인 생각들이 너무나 쉽게 바뀌는 것을 보게 됩니다.

어머니도 아들로부터 인정과 사랑을 요구하실 것이며, 더구나 아내는 온전한 사랑을 더욱 요구하게 되므로 너무나 부담스럽고 피곤함을 느끼시겠지요. 한 남자가 어머니와 아내를 똑같이 사랑할 수는 없습니다. 어머니는 어머니로서 아내는 아내로서 사랑하는 것이 진실한 사랑입니다.

사랑은 고통을 통하여 전달될 때 비로소 더욱 의미가 있지요. 사랑의 수고는 결코 쉬운 일이 아닙니다. 어머니를 이해하고 사랑을 전달하기 위하여 많은 시간과 정성을 쏟는다는 것이 지친 일상에서 정말 피곤한 일이지요. 아내로부터 이해받고 사랑받기를 원하는 남편에게 불만을 표시하며 오히려 사랑을 요구하는 아내에게 짜증을 낼 수밖에 없는 심정을 이해합니다.

이제 자신의 마음을 솔직하게 털어놓고 서로의 아픔과 한계를 나누며 서로 위로를 줄 수 있는 시간을 만드셔야 합니다. 서로 상처 주는 말을 하지 않도록 주의하며 서로의 마음을 진실하게 표현하도록 노력하는 것입니다.

가족회의를 통하여 가족이 함께 하는 일들의 시간 배정과 가정 행사를 의논하며 서로 양보하고 이해할 수 있도록 규칙을 정해 쓸데없는 오해가 생기지 않도록 하는 것이 좋습니다. 예를 들면 1년에 한두 번 정도는 아내와 부부여행 계획을 세우고, 또한 어머니를 모시고 외출하여 즐거운 시간을 갖기도 하며, 온 가족이 같이 즐길 수 있는 시간을 함께 계획하는 것도 좋겠지요.

나이 많으신 어머니께 많은 것을 요구하는 것보다는 아내에게 도움을 청하는 것이 효과적일 것입니다. 아내를 더욱 따뜻하게 감싸주시며 아내와 둘만의 시간을 가질 수 있도록 창의적인 생각을 하실 수 있기를 바랍니다.

"37세 주부입니다. 다른 사람을 사랑하는 감정이 생겼습니다."

Q "저는 37세 된 가정주부입니다. 한국에서 대학을 졸업하고 지금의 남편과 중매 결혼하여 미국으로 이민 온 지 10년이 넘었으며, 11살과 9살 된 두 딸이 있습니다. 남편은 사업을 열심히 하며 성실한 가장입니다. 제가 작년에 한국에 다니러 갔다가 대학 동창들을 만나는 기회가 있었습니다. 그런데 얼마 전에 우연히 동창 중의 한 사람을 이곳 LA에서 만나게 되었습니다. 그는 박사과정을 공부하는 사람인데 저의 도움이 필요하다고 하여 계속된 만남이 이루어졌습니다. 그 사람과 만나 대화를 나누다 보면 너무나 편안함과 자유로움을 느끼게 된답니다. 저의 메마른 영혼에 촉촉한 단비를 맞는 것 같은 신선한 대화를 나누며 우리는 행복을 경험하고 있습니다. 남편에게는 미안하지만 제가 사랑에 빠진 것 같습니다. 너무나 마음이 답답하여 지면을 통한 도움을 구합니다."

◆ ◆ ◆

A 사랑스러운 두 딸과 성실한 남편과 함께 소중한 가정을 이루어가시는 가정주부임을 밝혀주시니 감사합니다. 이민 오신 지도 10년이 넘어 생활의 안정을 이루고, 이제 사춘기를 맞이하는 자녀들과 사업에 열심이신 남편과 함께 성실히 살다 보니 벌써 중년이 되셨지요. 자신을 뒤돌아볼 때 아무것도 한 것이 없는

19

듯한 허전함과 무의미함을 느끼게 되는 시기라고 하지요. 자신의 존재에 대한 회의와 열등감, 무력감 등으로 쓸쓸한 마음이 들지 않으세요? 이러할 때 마침 마음이 통하는 진솔한 대화를 나눌 수 있는 사람을 만났으니 삶의 생기를 얻는 것은 너무나 당연한 일이지요.

매일 무덤덤하게 반복되는 생활 속에서 새로운 사람과의 만남은 그 자체만으로도 삶에 활력을 줄 수 있는 자극이 될 수 있지 않겠어요? 더구나 동창이라니 공유할 수 있는 많은 대화를 나누며 마치 청년 시절로 돌아간 듯한 기쁨을 맛볼 수 있겠지요. 혹 옛 애인을 만난 것 같은 착각 속에서 만남을 기다리며 즐기시는 것 같군요.

그러나 그 사람과 그런 만남을 지속한다면 당신은 너무나 소중한 많은 것들을 잃어버리게 될 것입니다. 그뿐만 아니라 지금까지 아끼며 사랑을 나누던 가족들에게 너무나 큰 상처와 고통과 아픔을 주게 될 것입니다.

사랑은 결코 빠지는 것이 아닙니다. 사랑은 세워주고 격려해주며 다른 사람의 유익을 먼저 생각하는 것입니다. 사랑과 정욕은 다릅니다. 자신의 유익을 먼저 생각한다면 그것은 정욕에 빠진 것입니다. 당신이 지금까지 지켜온 가정을 한순간의 낭만적인 사랑으로 허물어버리게 된다면 그것은 진정한 사랑이 아닙니다.

사랑은 자신의 행동에 책임을 지는 것을 의미합니다. 마치 그 사람과의 만남만이 당신의 삶을 가장 의미 있게 하는 것처럼 생각된다면 당신은 지금 속고 있는 것입니다. 감정이 메말라가는 이민 사회에서 사람들이 새로운 의미를 찾기 위해 잘못된 선택을 함으로써 많은 가정이 깨어져 가는 것은 너무나 안타까운 일입니다.

    당신은 지금 인생의 중요한 위기에 있습니다. 정말 신중하게 생각하시기 바랍니다. 당신의 삶을 돌이켜 보며 새롭게 시작할 수 있도록 깊이 생각할 수 있는 조용한 시간과 장소가 필요한 것 같습니다. 남편의 도움을 받아 혼자서 여행을 다녀오시는 것을 제안하고 싶군요. 몹시 어려운 사람들이 사는 곳을 방문하여 삶의 현장에 참여하시든지, 아니면 아주 조용한 수양관을 찾으시는 것도 도움이 될 것입니다. 지금까지 지내온 당신의 인생을 객관적으로 조명할 수 있는 의미 있는 시간이 될 수 있기를 기대합니다.

    순간의 잘못된 결정으로 당신의 영원한 삶에 부끄러움을 남기지 않기를 바랍니다. 당신의 위치와 신분을 기억하셔야 합니다. 당신의 중요한 인생과 더불어 당신과 관계된 사랑하는 사람들과의 삶도 함께 점검하는 기회가 되기를 바랍니다.

    그리고 당신의 삶에 의미를 부여할 수 있는 창조적인 일들을 발견할 수 있기를 바랍니다. 어려운 갈등의 시기를 겪으며 당신은 성숙한 사랑의 힘을 경험하실 수도 있을 것입니다.

    답답한 마음을 함께 나눌 수 있는 용기에 감사를 드립니다.

"남편이 무작정 이혼을 요구합니다"

Q "50대 초반의 가정주부입니다. 이민 와서 20년 동안 남편을 섬기며 아무 어려움 없이 잘 지내왔다고 생각했습니다. 남편은 사업으로 항상 바쁘게 지내면서 출장을 자주 다닙니다. 그런데 느닷없이 남편이 이혼해달라는 것입니다. 저는 남편 없이 미국에서 살 수가 없습니다. 이유도 없고 잘못한 것도 없는데 어떻게 이혼을 할 수 있습니까?"

◆ ◆ ◆

A 남편만 바라보며 착실하게 살아온 아내로서 청천벽력과 같은 이야기를 듣고 놀라셨을 것입니다. 본인은 아무 이유가 없다고 말씀하시지만, 상대방으로서는 나름대로 분명한 이유가 있을 것입니다. 단지 이유를 모를 뿐이겠지요.

남편의 마음을 이해하지 못하는 것이 이유가 될 수도 있습니다. 요사이 남편들이 너무나 어려운 불경기와 힘든 생활로 인해 많은 스트레스를 받고 삶의 어려움을 느끼며 어딘가로 도망가고 싶어 한다는 호소를 많이 듣게 됩니다. 실제로 중년의 남편들이 가정과 직장을 떠나 멀리 도피하여 행적을 감추는 안타까운 일들도 일어나고 있습니다. 가정적으로뿐 아니라 사회적으로도 참으로 심각한 현상입니다.

자신은 아내로서 남편을 위하여 최선을 다하고 성실하게 살아왔다고 생각하시지만, 남편의 처지에서 아내를 바라볼 수 있는 시각을 가져보시기 바랍니다. 50대 주부로서 가정 살림을 잘 하는 가정주부의 역할만을 하셨다면 남편이 과연 부족함을 느끼지 않으셨을까요? 자녀를 양육하는 어머니의 역할뿐 아니라 남편의 사업을 도울 수 있는 지혜도 배우셔야 하며, 함께 사랑을 나누는 연인으로서, 그리고 매력적인 여성으로서의 삶을 위하여 나이가 들어갈수록 내적인 미를 추구하는 노력을 아끼지 않으셔야 합니다.

이제는 빵으로만 살 수 있는 시대가 아닙니다. 어느 때보다 정신적인 문제로 갈등하며 외로움을 느끼고 혼돈 속에 사는 때이므로 우리가 정신 차리지 않고 살다가는 어처구니없이 상처를 받게 될 것입니다. 남편의 기대에 너무나 무심한 것은 아니었는지, 아니면 남편에게 너무나 의존적이었기 때문에 남편이 부담을 느끼는 것은 아닌지, 너무나 일상적인 삶에만 순응하면서 새로운 삶의 도전을 잃어버리고 사는 것은 아니었는지 자신의 삶을 반성하는 기회가 되기를 바랍니다. 자신을 점검하며 살아온 삶을 돌이킨 후에 남편의 마음을 이해하면서 자신의 실수나 부족함을 깨닫게 된다면 남편과 대화할 수 있는 길이 가까워질 것입니다.

남편이 이혼하자고 제안하는 것이 실제로 지금 당장 이혼을 하자는 것보다는 이혼하는 것이 나을 만큼 지금의 삶이 답답하다는 표현일 수도 있습니다. 무엇보다도 남편의 속마음을 알아주는 것이 더 중요합니다. 남편에게 자신의 솔직한 마음을 털어놓고 그동안 부족한 부분이나 소홀했던 부분들을 인정하면서 다시 한

번 새롭게 시작할 수 있는 대화의 기회를 마련할 수 있기를 기대합니다.

남편에게 감사하는 것이나 칭찬, 격려하는 말들에 인색하였다면 그 부분도 사과를 구하는 것을 잊지 마셔야 합니다. 너무 서두르거나 조급해하지 마시고 남편의 마음을 이해하며 시간을 갖고 서로 충분히 대화할 수 있도록 노력하시기 바랍니다. 가능하다면 교회나 좋은 기관에서 실시하는 부부 세미나에 참석하셔서 서로의 삶을 객관적으로 돌이켜 보는 기회를 만드시는 것도 도움이 될 것입니다.

"남편의 폭언과 폭행이 심합니다"

Ⓠ   "같은 직장에서 남편을 만나 결혼하여 두 자녀를 키우는 주부입니다. 결혼 전에 그렇게 멋있던 남편이 갈수록 난폭해져 심한 욕과 폭행을 자주 합니다. 변덕이 심하여 그 비위를 맞추기가 너무 힘듭니다. 가정의 모든 돈 관리는 남편이 하므로 저는 아무것도 할 수가 없는 무능한 존재가 되어버렸지만, 이혼할 용기도 없습니다."

• • •

Ⓐ   멋있는 남자라고 생각하셨기 때문에 결혼하셨겠지요. 어떤 면에서 멋있다고 생각하셨는지는 모르지만, 지금은 많은 어려움을 겪고 계신 것을 보니 정말 안타까운 일입니다. 많은 사람이 외모로 사람을 판단하는 실수를 하고 실망과 더불어 많은 상처도 받으며 살아가고 있는 것 같습니다.

    가정은 인격이 만들어지는 곳이라고 하지요. 남편의 심한 욕과 폭행은 함께 삶을 나누는 아내뿐 아니라 건강하게 자라가야 할 자녀들에게 또한 심한 정신적인 상처를 주게 될 것입니다. 아내의 헌신적인 노력으로 남편을 돕고 자녀들을 바르게 양육해야 할 책임을 생각하시며 용기를 가져야 할 것입니다.

    무작정 참고 남편의 비위를 맞추며 견디는 것만으로는 도움이 되지 않는 경우인 것 같습니다. 이제는 남편을 위해서뿐 아니라 자녀들을 위해서도, 또한 자신의 귀한 삶을 위해서도 적극적으로 대처하셔야 합니다.

　1단계로 남편이 기분 좋을 때 남편과 대화를 통하여 당신의 어려움과 자녀들에 대한 문제들을 호소하여 함께 문제를 풀어가는 방법을 연구해보도록 하십시오. 이러할 때 아내의 센스 있는 지혜가 필요합니다. 남편이 좋아하는 음식을 만들어 남편이 가장 편안해하는 분위기 속에서 즐거운 대화를 시도하는 것입니다. 대화의 내용도 심각한 것보다는 남편이 가장 신나 하는 대화를 하는 것이 좋습니다. 남편이 가장 잘하는 운동이나 취미 등에 관심을 나타내거나, 아니면 남편이 잘하는 일에 대해 칭찬하는 시간을 만들어 마음껏 자기의 생각을 얘기하거나 자랑을 할 수 있도록 해주는 것입니다.

　이러한 대화를 통하여 남편이 과거 성장할 때의 가정환경을 이해하는 데 도움을 받게 될 것입니다. 남편의 어린 시절 부모와의 관계를 잘 이해하는 것은 남편의 성격이나 그 마음을 이해하는 데 많은 도움이 됩니다. 혹시라도 남편이 어린 시절 부모나 친구 또는 가까운 사람들로부터 많은 상처를 받은 경험이 있다면 남편의 왜곡된 성격을 이해할 수 있게 될 것입니다.

　남편은 그 누구보다 아내의 도움이 필요한 사람입니다. 아무리 많은 상처를 받았을지라도 아내의 더 많은 사랑의 수고로 남편이 치유될 수 있다는 믿음을 가지신다면 보람 있는 희생일 것입니다.

　만일 두 사람의 대화로는 불가능하다면 그다음 단계로 주위의 도움을 구하세요. 예를 들면 남편이 가장 어려워하거나 존경하는 분, 또는 좋아하는 분과 의논하셔서 그분의 협조를 구하세요.

특히 폭행을 당할 때는 지체하지 마시고 그 자리를 피하셔야 합니다. 아무리 부부지만 함부로 폭행하는 것을 허락하는 것은 바람직하지 않은 일입니다. 많은 아내가 소극적인 이유로 참고 견디므로 오히려 그 상황을 악화시키는 때도 있습니다. 만일 폭행이 너무 심하여 도저히 견딜 수 없는 경우라면 자녀들과 함께 피하십시오. 적극적으로 도움을 줄 수 있는, 전문적인 기관들의 협조를 구하실 수도 있습니다.

무엇보다도 혼자서 많은 어려움을 참고 지내오셨다면 삶에 대한 자신감을 잃어버리고 소극적이며 정서적으로 불안하기 때문에 반드시 주위의 도움을 구하셔야 합니다. 아내의 용기 있는 결단과 헌신적인 노력으로 남편의 잘못된 성격 교정에 도움이 되어 건강한 가정을 이루어갈 수 있기를 기대합니다.

"신혼 초인데 다툼이 너무 심합니다"

Q "저는 2개월 전에 결혼한 청년입니다. 그런데 저희는 결혼식하는 날부터 지금까지 거의 매일 계속해서 싸우고 있습니다. 사소한 일부터 서로 맞지 않는다는 생각이 들어 결혼을 후회하고 있습니다. 아내 된 자매는 무엇이든지 자기 주장만 하려고 하며 너무나 이기적이라는 생각이 듭니다. 이렇게 서로 힘든데 계속 결혼생활을 해야 할지 갈등이 생깁니다. 다른 사람들은 가장 즐거울 때라고들 하는데 저는 너무나 힘들어 함께 있는 것이 오히려 괴롭기만 합니다. 차라리 더 심각해지고 힘들어지기 전에 이혼하는 것이 서로에게 바람직하지 않을까 하는 생각이 듭니다. 어떻게 하면 좋을지 도움을 청합니다."

◆ ◆ ◆

A 요사이 젊은 사람들이 "결혼도 쉽게 하고 이혼도 쉽게 한다"고 하는 말이 정말 실감 나게 하는군요. 어느 정도 교제를 하다가 결혼을 했는지 잘 모르지만, 아마도 서로 충분히 교제하며 서로 이해하고 적응하는 기간이 짧았기 때문에 예기치 못한 어려움을 당하는 것 같군요. 그렇지만 이혼도 그렇게 쉽게 결정하고 마는 것은 서로에게 더 큰 상처를 주는 일이므로 신중해야 합니다. 결혼생활이 어렵다고 해서 이혼하는 것이 문제의 해결이라고 생각한다면 어떤 사람이 결혼생활을 지속할 수 있겠어요?

결혼한다는 것은 성인이 된다는 뜻이기도 하지요. 자신의 삶에
책임을 진다는 것이며 다른 사람과 성숙한 관계를 이루어가는 것
입니다. 처음으로 부모 곁을 떠나 유치원에 입학할 때의 두려움
부터 시작해서 우리는 모두 지금까지 많은 어려움을 통하여 성장
해왔습니다. 지금까지 부모와 형제의 보호와 친구들의 사랑을 받
으며 살아온 당신의 삶이 이제는 다른 사람을 사랑하는 일을 실
습할 수 있는 가정의 주인이 되었으니 어찌 부담 되지 않겠어요?
　서로 다른 환경에서 자라온 두 사람이 잠시 만났다가 헤어지
는 것이 아니라 함께 살아야 한다는 것은 결코 그렇게 쉬운 일이
아닙니다. 각자의 습관이 다르고 생각이 다르며 문화가 다르므로
서로 적응하는 데에는 많은 시간과 인내와 훈련이 필요합니다.
그동안 혼자 편한 대로 살아온 두 사람이 이제 서로의 눈길을 의
식하며 상대방에게 관심을 보여주며 서로 존중해주는 삶은 쉬운
일이 아니지요? 서로의 가정환경을 이해하며 서로의 감정을 존
중해주는 훈련은 둘이 함께 성숙해간다는 것을 의미합니다.

　그러므로 결혼은 미숙한 두 사람이 부딪치며 아픔을 겪고 서
로 감싸주며 어른이 되어가는 삶의 과정입니다. 북극에 사는 두
마리의 고슴도치 이야기를 아십니까? 너무 추워서 둘이 서로 안
으려고 하면 가시에 찔려서 아프다고 소리치고, 떨어져 있으면
너무 춥고 쓸쓸하여 다시 가까이 만나 서로 온기를 나누려고 합
니다. 그러면 또 가시에 찔리지만, 그 과정이 상당히 오래 지나다
보니 뾰족한 가시들이 점차 둔하여져서 편안하게 함께 지낼 수
있었다는 이야기입니다.

우리들의 결혼생활이 마치 고슴도치와 같다는 생각이 듭니다. 서로의 모나고 가시가 돋친 성품들이 부딪치고 깨어지면서 서로의 부족함을 깨닫고 이해하며 필요를 채워주며 적응해가는 결혼생활에는 많은 시간이 필요합니다. 시간이 지나면서 조금씩 상대를 더 알아가는 기쁨을 맛보기도 하지요.

상대방에 대하여 좋은 감정이 있었고 예쁜 부분이 있어서 결혼까지 하신 것이 아니겠어요? 상대방의 좋은 점을 크게 생각하고 격려하며 상대의 단점을 도와주기 위하여 나의 장점이 쓰인다면 얼마나 의미 있겠어요? 사랑은 사람을 살리는 것인데 당신의 수고 때문에 이기적이고 미숙한 아내가 사랑을 배우고 성숙해간다면 당신은 이 세상에서 가장 멋진 남편이 될 것입니다.

Q "남편의 우울증 때문에 고민하는 40대 주부입니다. 불경기 탓도 있겠지만 내성적인 성격인 남편은 사람을 만나는 것도 좋아하지 않고 집에서 아무것도 하지 않고 누워만 있을 때가 많습니다. 그런 남편을 보고 있으려니 마음이 답답하여 죽을 지경입니다. 가끔 죽고 싶다는 말까지 해서 조심스러워 잔소리도 안 하려고 노력을 하고 있지만, 어떻게 도와주어야 할지 모르겠습니다."

♦ ♦ ♦

A 보통 중년의 위기를 생각할 때 주로 여성들에게 많은 관심을 두게 되지만 사실은 남성들도 중년의 갈등을 겪고 있답니다. 사회적으로나 가정적으로 가장으로서의 무거운 책임감을 지고 많은 스트레스를 받는 현실을 이겨내야 하는 남편의 마음을 이해하게 됩니다.

특히 이민 사회에서 남편들의 삶이 너무 삭막하다는 생각이 들지요. 사회적인 욕구 충족이 부족하며 친구 관계도 한정되어 있음으로 인해 오는 외로움과 불만, 미래에 대한 염려와 불안, 그리고 신체적인 연약함 등으로 중년의 갈등을 겪는 우울한 시기임을 생각하게 됩니다. 더구나 내성적이며 우울한 성향이 강한 성격이라면 좀 더 심하게 우울함에 빠질 경향이 많을 것입니다.

일반적으로 많은 사람이 인생의 주기에서 정도의 차이는 있지만 한 번 정도는 그런 과정을 지나가게 됩니다. 만일 기간이 너무 오래 걸리거나 강도가 심하다면 전문가의 도움을 받는 것이 바람직할 것입니다. 그러나 아내의 헌신적인 사랑과 노력보다 더 귀한 처방이 어디 있겠습니까?

남편을 이해하려고 노력하며 애쓰는 아내의 사랑에 격려를 보냅니다. 일반적으로 중년의 시기에 일어나는 갈등에 관하여 전문적인 책을 읽으며 정보를 함께 나누면서 남편만이 앓는 증상이 아니라는 것을 알게 하는 것도 조금은 마음의 위로가 될 수 있습니다.

인생의 실패감과 심한 열등감과 무능함으로 자신을 용납하지 못하고 괴롭히며 자기 학대에 빠지게 되면 죽고 싶은 마음이 들게 되지요. 자신에 집착해 있는 생각을 자신보다 더 큰 어려움에 처해 있는 다른 사람들에게 관심을 돌릴 수 있도록 봉사할 수 있는 좋은 프로그램에 함께 참여한다면 도움이 될 수 있을 것입니다. 자신에 집중된 에너지를 자신의 도움이 필요한 사람에게 쏟아 자신도 유익한 존재가 될 수 있다는 자신감을 느끼게 해주는 것입니다. 과거의 삶을 돌이켜 보며 후회와 원망으로 자신을 학대하지 말고 다시 새롭게 시작할 기회를 얻을 수 있도록 지원과 격려를 해주시기 바랍니다.

평소에 남편이 좋아하는 분이 있다면 함께 시간을 가질 수 있도록 도움을 청하는 것도 좋겠지요. 혹시 주위에 신앙이 성숙한 분이 있다면 도움을 청하여 인생에 대한 깊은 대화를 나눌 수 있는 친구를 사귀는 것도 남편에게 유익한 기회가 될 것입니다. 여건이 허락된다면 대자연의 아름다움을 즐길 수 있는 여행을 계획하여 즐거운 감정을 느끼도록 좋은 경험의 기회를 만들어보시기 바랍니다.

남편이 혼자 있게 내버려 두지 말고 될 수 있는 대로 옆에 함께 있어주며, 심각한 대화보다는 재미있는 농담이나 즐거운 내용의 대화를 통하여 함께 웃는 시간을 많이 갖도록 하는 것입니다. 인생의 우울함을 겪는 이러한 중년의 위기는 곧 지나갑니다. 마치 터널을 지나가는 것처럼 답답하고 지루하기도 하지만 저 앞에 밝은 빛이 보이기 때문에 견뎌내야 합니다. 연약한 남편의 손을 잡고 등을 밀어주며 우울한 터널을 함께 빠져나와 가정의 위기를 잘 극복하는 부부가 되시기를 바랍니다.

"아버지와 아들의 관계가 걱정입니다"

Q "두 아들을 키우는 가정주부입니다. 남편은 너무나 엄격하고 권위적이기 때문에 아이들이 아버지를 가까이하려고 하지 않습니다. 집에서 아들들과의 대화는 거의 없는 편입니다. 이제 사춘기에 들어가는 사내아이들에게 아버지의 역할이 크다고 들었는데 아버지와 아들의 관계가 너무 어색한 것 같아 걱정이 됩니다."

◆ ◆ ◆

A 자녀를 바르게 잘 양육한다는 것이 정말 쉽지 않다는 것을 실감하는 시대에 살고 있습니다. 더구나 사춘기에 있는 남자아이들을 아무 탈 없이 키우기 원하는 부모의 간절한 심정을 자녀들이 어찌 이해할 수 있겠어요?

자녀교육은 어머니 혼자의 노력으로는 더욱 부담스러운 일이지요. 부부가 함께 의논하며 협력하여 노력하여도 쉽지 않은 일인데 아이들이 아버지와 함께 있는 것을 꺼린다면 가정의 분위기가 밝지 않은 것은 당연하겠지요. 어려서부터 아버지와 함께 시간을 보내며 즐거운 경험을 하지 않았다면 한창 예민한 사춘기에 자연스러운 대화를 나눈다는 것은 어려운 일일 것입니다.

남편이 아들과 대화가 없는 것 때문에 걱정이 된다고 하셨는데 아내와는 대화가 잘된다고 생각하시는지요? 아내 처지에서 남편의 마음을 충분히 이해하시고 용납하시기 때문에 부부 관계에서는 문제의식을 느끼지 않으신다면 참으로 다행한 일입니다. 그러나 성격이 너무 완고하므로 남편에게 일방적으로 양보만 하셨다면 아마도 깊은 대화를 나누기는 힘드셨을 것입니다. 자연히 가족들의 관계가 친밀하지 못하므로 서로 마음의 거리감을 느끼며 살아가고 있을 것입니다.

가정 안에서 가장 가까운 식구들과의 관계가 소원하다면 남편은 아마도 다른 사람과의 관계에서도 어려움을 느끼시게 될지도 모릅니다. 한편으로 심한 외로움과 우울함으로 인해 건강한 사회생활을 하며 좋은 인간관계를 이루어가기가 힘드실지도 모르겠습니다. 그러한 남편에게 자녀들과 좋은 관계를 요구하기도 쉬운일은 아니지요. 오히려 남편에게 더욱 부담감을 주거나, 아니면 죄책감만 주게 되어 마음을 더욱 무겁게 해서 가정의 분위기가 어려워질 수도 있을 것입니다.

남편의 성품과 기질을 잘 이해하신다면 남편의 마음을 편하게 하며 자연스럽게 대화를 나눌 수 있는 방법들을 모색하시기를 바랍니다. 남편에게 좋은 책자들을 선물하여 간접적으로 아내의 바람이나 요구를 제안할 수도 있을 것입니다. 먼저 아내와의 편안한 대화가 이루어질 수 있도록 세심한 관심을 보여주시는 것도 좋겠지요.

한편으로 자녀들과 솔직한 대화의 시간을 마련하여 아버지를 잘 이해할 수 있도록 도움을 주셔야 합니다. 아버지의 장점을 강조하면서 아버지와 함께 시간을 보낼 수 있는 일들을 마련하는 것입니다. 아버지와 함께 영화를 보러 가거나 같이 운동을 하고 집안일을 함께 할 수 있도록 하여 서로 친밀한 관계를 위해 조금씩 노력하는 것입니다.

혹시 가능하면 아들들과 함께 여행하면서 좋은 시간을 나눈다면 서로에 대한 잘못된 인식이나 오해가 풀어질 수도 있습니다. 단, 아버지가 잔소리나 훈계나 핀잔은 하지 않도록 남편에게 협조를 구하셔야 합니다. 자녀들에게 아버지에 대해 새로운 인식과 좋은 경험을 할 수 있도록 만들어주는 것입니다. 자연스럽게 서서히 다가가며 서로 사랑을 확인하는 아름다운 관계가 회복되기를 기대합니다.

"아들의 성교육이 고민입니다"

Ⓠ　"중학교 2학년 된 아들과 2살 된 딸이 있습니다. 10여 년 만에 하나님이 주신 딸을 키우며 온 가족이 행복해하고 있습니다. 그런데 얼마 전에 딸이 잠든 방에서 아들의 이상한 행동을 보고, 제가 당황한 적이 있습니다. 딸의 옷을 벗기고 들여다보고 있는 것이었습니다. 아들에게 성에 대한 교육을 바르게 시킬 수 있도록 조언을 구합니다."

◆ ◆ ◆

Ⓐ　10여 년 동안 아들만을 키우시다가 귀한 딸을 선물로 받으셨으니 남다른 감동과 정성으로 자녀에 대한 기대와 꿈이 있으실 것입니다. 그동안 부모의 사랑을 맘껏 누릴 수 있었던 아들도 행복하고, 온 가족의 사랑을 흠뻑 받으며 자라나는 아기도 축복입니다. 자녀를 키우면서 마음껏 사랑을 나누고 따뜻한 가정을 이루어가시며 행복한 부담을 나누어주시니 감사합니다.

아들의 처지에서 동생이 생긴 것은 기쁘고 신나는 일이기도 하지만 한편으로는 모든 관심이 동생에게만 집중되는 것이 불안한 신호일 수도 있습니다. 또한 너무나 신기한 아기에 대하여 많은 호기심을 느낄 수도 있겠지요. 더구나 예민한 사춘기이므로 혹시라도 동생 때문에 자신이 소홀한 대접을 받는다는 생각이 들지 않도록 각별한 관심을 기울여야 합니다.

그동안 자녀의 성교육에 대해 학교에 맡기거나 등한히 했다면 이번 일이 아들에게 실제적인 성교육을 할 좋은 기회라고 생각됩니다. 이미 학교에서 신체의 생리 구조에 대한 지식은 배웠지만, 여동생을 통해 실제적인 확인을 하였을 것입니다. 부모의 자연스러운 태도가 무엇보다도 중요합니다. 아들의 행동에 너무 당황하거나 부담스럽게 생각하기보다는 당연하게 받아들이시기를 바랍니다. 지극히 정상적으로 성장하는 건강한 아들과 성에 관한 대화를 자연스럽게 할 기회입니다.

아들이 동생과 방에 단둘이 있을 때 인기척을 내거나 미리 이름을 불러서 서로 당황하지 않도록 하는 것도 중요합니다. 때로는 아기를 목욕시킬 때 도움을 청하며, 자연스럽게 성에 대한 지식을 함께 이야기하는 것도 효과적일 수 있습니다. 잘못된 성 지식이나 오해가 오히려 죄의식이나 문제를 일으킬 수도 있습니다.

성에 대한 바른 지식과 정확한 이해를 할 수 있도록 가정에서 부모와 친밀한 대화를 하는 것이 가장 바람직합니다. 하나님께서 남자와 여자를 다르게 만드시고 서로 관심을 두고 사랑하는 사람과 만나 결혼하여 사랑을 나누며 성의 기쁨을 누릴 수 있게 하신 창조의 신비를 깨닫도록 진지한 대화를 나누려면 무엇보다도 중요한 것이 어머니의 자신 있고 푸근한 자세입니다. 너무 긴장하거나 부정적인 대화는 오히려 마음을 움츠리게 하기 때문입니다.

성은 생명과 중요한 관계가 있고 너무나 소중한 부분이므로 자신의 몸을 귀하게 관리해야 함을 강조하는 것이 중요합니다. 성숙한 남자와 여자가 사랑하여 성관계를 통해 멋있는 아들과 딸이 탄생한 신비를 나누며, 절대로 성은 장난이나 호기심의 대상이 되어서는 안 됨을 강조하시는 것도 잊지 마시기를 바랍니다.

그러므로 결혼할 때까지 사랑하는 배우자를 위하여 성기를 깨끗하고 순결하게 보호하는 것이 중요한 책임임을 가르쳐야 합니다. 자신의 성이 중요하기 때문에 동생의 성도 소중하게 보호해줄 책임이 오빠에게 있음을 가르쳐서 스스로 동생을 귀하게 여기며 사랑할 수 있도록 끊임없는 대화를 하시기를 바랍니다.

"쌍둥이 아이들의 사이가 너무 나쁩니다"

Ⓠ   "초등학교 4학년의 쌍둥이 아들이 있습니다. 그런데 너무 자주 싸우고 다툽니다. 그런데 항상 싸우면서도 서로 없으면 못 견디며 찾곤 합니다. 지난번 신문에 난 쌍둥이 자매 사건을 보고 걱정이 되어 제가 지나치게 간섭을 하게 되고 아이들의 큰소리만 들어도 신경이 곤두섭니다. 남편은 제가 과민반응을 보인다고 핀잔을 주지만, 둘이 싸우지 않게 하는 방법은 없을까요?"

◆ ◆ ◆

Ⓐ   인생의 성공은 감정을 잘 다루는 데 달려있다는 연구 보고들이 강조되고 있습니다. 지금은 IQ(지능지수)보다 EQ(감정지수)가 더 중요한 시대라고 말합니다. 어머니의 정신건강의 지수가 자녀교육에 가장 중요하다고 해도 과언이 아닙니다.

지금 우리가 사는 사회는 너무나 많은 우울한 사건들이 연이어 일어나고 있어 많은 사람을 불안하게 하고 우울하게 하는 것 같습니다. 이왕이면 신문에서도 아름다운 삶의 현장을 찾아가 취재하는 좋은 기사들을 더 많이 실어 밝은 분위기를 조성하는 사회가 되었으면 좋겠습니다. 신문에 나는 많은 사건을 대할 때마다 자녀를 키우는 부모들의 마음은 더욱 무거워지며 불안해지는 것은 당연한 일이지요.

4학년의 쌍둥이 아들이 둘이 있으니 얼마나 집안에 큰소리가 나고 우당탕 시끄러운 소리가 많이 나겠습니까? 직접 보지 않아도 소란스러운 장면들이 상상이 됩니다. 그런데 싸울 때마다 어머니가 간섭하고 잔소리를 하게 되면 정말 신경과민에 걸리게 될 것입니다.

특히 쌍둥이 자녀들은 남달리 서로 없으면 견디지 못하는 친밀한 사이가 아닙니까? 아이들은 싸우면서 큰다는 어른들의 말씀처럼 서로 좋아하고 또 함께 있는 시간이 많으므로 싸움이 있다는 것을 당연하게 받아들이셔야 어머니의 마음이 편하실 것입니다. 부정적인 시각으로 모든 사건을 해석하게 되면 갑자기 모든 것이 우울해지며 불안해지게 됩니다.

무엇보다도 어머니의 생각이 먼저 긍정적으로 바뀌게 되면 자녀들의 싸움을 보는 시각도 달라질 것입니다. 싸울 때 꾸중하기보다는 서로 관심이 있고 사랑하고 있다는 사실을 확인하는 긍정적인 언어를 사용하며 강조하십시오. 소위 '긍정적인 예언'이라는 것입니다. 밉다는 말을 많이 사용하면 정말로 미워지게 되는 것처럼 예쁘다는 말을 많이 하게 되면 정말로 예쁘게 보입니다. 사람들은 자기가 한 말에 따르게 되며 말하는 대로 살아가게 됩니다. 싸움하지 않는 방법을 생각하기보다는 서로 사랑하는 방법을 찾아내는 것이 더 바람직하며 효과적입니다.

자녀들이 싸울 때는 자녀들의 싸움을 자연스럽게 받아들이시며, 자녀들의 싸움에 어머니가 개입하지 마시고, 둘이서 스스로 해결하도록 한 걸음 뒤로 물러서기를 바랍니다. 그러나 싸움에도 규칙이 있어야 합니다. 가정에서 허용하는 범위 내에서만 싸우도록 주의를 주십시오. 서로 지나친 욕이나 폭행은 삼가야 하며, 규칙을 어겼을 때는 합당한 벌을 받아야 합니다. 또한, 싸운 후에는 반드시 화해하는 법을 가르쳐서 형제끼리 우애하고 부모에게 순종하도록 훈련해야 합니다.

"노년의 아내와 불화가 심합니다"

Q "이민 온 지 10년이 넘었습니다. 자녀들도 결혼하여 다 떠나고 이제 노년이 되어 두 부부만 남았습니다. 그런데 얼마 전부터 아내가 점점 난폭해져서 부부싸움이 잦아집니다. 심지어 할퀴고 꼬집고 하여 얼굴에 상처가 생겨 외출하기도 부끄럽습니다. 내 나이 60이 넘어서 이런 망신스러운 일이 어디 있습니까?"

◆ ◆ ◆

A 자녀들이 떠나가고 부부만이 남아 빈 둥지만 남은 것처럼 쓸쓸한 노년기가 되셨군요. 그동안 자녀들을 양육하면서 어려운 인생길을 지나오시느라 많은 수고와 슬픔을 겪으시며 어려운 세월을 지내셨겠지요. 더구나 중년기에 미국에 이민을 오셨으니 여러 가지 문화적인 충격과 사회적인 변화와 아울러 언어의 갈등으로 많은 스트레스를 받으며 힘든 이민자의 삶을 살아오셨을 것입니다. 이제는 두 사람만의 조용한 시간을 보내며 그동안 어렵게 지내온 세월을 아름답게 마무리할 수 있는 가장 좋은 기회가 왔는데, 너무나 준비되지 않았기 때문에 오히려 더 큰 상처를 주고받고 계시다니 너무나 안타까운 일입니다.

여성들이 나이가 들면 가정 안에서 힘이 세어진다는 말이 실감 나실 것입니다. 여성들이 나이가 들어 갱년기가 지나면 몸의 호르몬 관계로 생리적인 변화가 많아지게 됩니다. 그리고 생리적인 변화는 정서적인 변화를 초래하기 때문에 심리적으로 불안하고 초조하며 우울증 등으로 생활이 불안정하게 되기 쉽습니다. 여성들은 노년기가 되면서 점점 남성화되어 가는 경향이 있으므로 더 적극적인 면을 보이며, 심하게 말하면 '극성스러워지는 것'이지요.

반면에 남성들은 대개 여성화되어 가므로 소극적이 되어 소심해지며 가정적으로 내성화되므로 집에서 잔소리가 많아지게 되고, 따라서 부부간의 갈등을 겪게 되는 것은 당연한 일이지요. 여성들은 밖으로 나가려고 하고 남편들은 집에 있는 시간이 많아지게 되어 더욱 가정적인 사람이 됩니다.

부부간에 서로의 마음과 생각을 함께 나누며 성숙한 노년기를 맞이할 수 있도록 노력하셔야 인생의 멋있는 황혼기를 보낼 수 있게 될 것입니다. 시작보다 더 중요한 것은 마무리입니다. 아무리 어렵게 지내온 인생이라도 끝이 좋으면 모든 것이 아름답게 기억될 것입니다.

아내가 난폭해진다는 것은 아마도 그동안 살아오면서 말로 다 풀지 못한 많은 상처를 미숙한 방법으로 노출하는 것으로 생각됩니다. 그 상처가 해결될 수 있도록 전문가의 도움을 받아보시기 바랍니다. 그러나 무엇보다도 남편의 따뜻한 배려가 유익이 될 수도 있습니다. 아내가 아픈 마음을 표현할 기회를 만들어주며 될 수 있는 대로 잘 들어주시고 아내의 처지를 이해하도록 노력하셔야 합니다. 자신의 마음을 말로 표현하지 못하고 폭행을 하는 것은 미숙한 행동이지만 아내의 미숙함을 탓하기보다는 그렇게 된 배경을 이해하시고 용서할 수 있는 넓은 마음으로 변화되기를 기대하며 기도하시기를 바랍니다.

여러 면에서 존경할 수 있는 좋은 목회자를 만나 신앙의 도움을 받는 기회를 찾으신다면 삶의 확실한 유익이 될 것입니다. 그리고 마음에 맞는 가까운 친구를 만나 함께 시간을 보내며 마음 깊은 대화를 통하여 생활의 활력을 얻으시기 바랍니다.

"딸의 남자친구가 마음에 들지 않아 고민입니다"

Ⓠ "25세 된 외동딸이 연애를 하고 있는데 사귀고 있는 청년이 마음에 들지 않아 반대를 하고 있는 처지입니다. 가장 걱정이 되는 것은 결혼은 현실적인 생활인데 청년이 뚜렷한 직업이 없는 것입니다. 경제적인 어려움 없이 곱게만 키운 딸이 시집가서 고생할 것을 생각만 해도 가슴이 답답하고 한숨이 절로 나옵니다."

◆ ◆ ◆

Ⓐ 부유한 가정에서 외동딸로 25년 동안 귀하게 키운 딸을 시집보낸다는 것이 얼마나 어려운 일인지 아마 누구도 그 마음을 다 이해하지 못할 것입니다. 딸이 결혼하여 행복하게 살기를 바라면서도 막상 딸을 보낸다고 생각하면 얼마나 가슴이 저리시겠어요? 더구나 부모 마음에 들지 않는 청년과 결혼을 한다고 하니 걱정이 되는 것은 부모의 당연한 마음이지요.

이제 부모 곁을 떠나 결혼을 해야 하는 딸도 '떠나는 준비'를 해야 하지만 부모도 '떠나보내는' 준비를 하셔야 합니다.

한 남자와 연합하여 한 몸을 이루어 행복한 결혼을 하기 위해서는 먼저 부모를 잘 떠나야 합니다. 부모를 떠난다는 뜻은 이제 자신의 인생에 모든 책임을 진다는 뜻이지요. 그러므로 결혼은 신중하게 결정해야 합니다. 또한, 결혼은 본인이 결정해야 합니다. 그래야 책임 있는 결혼생활을 할 수 있습니다. 아무리 사랑하는 외동딸이라도 자녀의 인생을 부모가 대신 살아줄 수는 없습니다. 만일 지금까지 외동딸이기 때문에 너무 지나친 과보호적인 분위기에서 키웠다면 자녀의 결혼생활에도 많은 영향을 끼치게 될 것입니다.

이제 자녀가 편안하게 떠날 수 있도록 열린 마음으로 진솔한 대화를 할 수 있기를 바랍니다. 결혼을 결정해야 하는 딸의 의견을 존중해줄 수 있는 성숙한 관계를 회복하도록 노력하십시오. 딸의 마음을 이해하시며 딸의 고민을 들어줄 수 있는 열린 귀가 있어야 대화는 이루어질 수 있습니다. 결혼의 신중함을 객관적으로 이야기할 수 있는 마음의 여유가 있어야 솔직한 대화가 가능하기 때문입니다.

자녀의 처지를 이해하고 잘 들어주신 다음에 부모의 입장도 설명하여 딸이 부모를 이해할 수 있는 기회를 마련하시기 바랍니다. 딸과 단둘이서만 여행을 계획하여 성숙한 여인들의 결혼 이야기를 마음껏 할 수 있다면 좋은 시간이 될 수 있을 것입니다.

부모가 계획한 대로 자녀가 순종하여 결혼하면 자녀가 행복한 결혼생활을 할 수 있다고 보장할 수 있습니까? 부모가 생각하는 확실한 직업과 좋은 조건의 배우자와 결혼하면 자녀가 행복하게 살 수 있다고 확신할 수 없는 불확실한 시대에 우리는 살고 있습니다. 부모가 생각하는 외적인 조건보다 경제적으로 고생을 하여도 의미 있는 삶이 더 행복하다고 자녀가 믿는다면 그 생각을 존중해주어야 합니다. 그것이 자녀가 원하는 행복이기 때문입니다.

부모 처지에서 고생이라고 생각하는 부분을 그들은 행복이라고 생각할 수도 있다는 것입니다.

만일 그동안 부모의 덕으로 편안한 삶을 살아왔다면 인생을 배울 수 있는 어려운 삶을 살아보는 것도 나쁘지 않을 것입니다. 그러나 결혼은 현실적인 삶이기 때문에 실제적인 준비를 위하여 함께 그들의 계획과 의견을 들으면서 부모 입장에서 도와줄 수 있는 부분이 있다면, 만약 그들이 원한다면 도와줄 수도 있겠지요. 결혼 준비를 위하여 '결혼 세미나'에 참석할 수 있도록 권면해 주시는 것도 도움이 될 것입니다.

"재혼가정 남매가 연인 관계가 되어 고민입니다"

ⓠ   "10대의 두 아들이 있는 남편과 남매를 데리고 재혼한 50대 가정주부입니다. 남편과 새로운 가정을 꾸미며 좋은 관계에서 감사하게 살고 있습니다. 그런데 남편의 아들과 저의 딸이 얼마 전부터 심상치 않은 관계라는 것을 알게 되었습니다. 전에는 남남이었지만 이제는 남매 관계가 되었는데 그 이상으로 발전하고 있는 것 같습니다. 남편은 아직 그런 사실을 전혀 눈치채지 못하고 있지만, 이 일을 어쩌면 좋을지 모르겠습니다."

❖ ❖ ❖

ⓐ   청소년 자녀를 둔 시기 두 가정의 결합으로 예상치 못한 어려움을 겪게 되셨군요. 재혼을 생각할 때에 가장 부담이 되는 부분이 역시 자녀 문제일 것입니다. 자녀들이 아주 어릴 때 재혼을 하여도 쉽지 않은데 하물며 여러 면에서 가장 예민한 시기에 부모의 재혼은 자녀들에게도 큰 부담이 될 수 있을 것입니다.

지금 두 분이 새로 시작한 행복을 잃어버리게 될지도 모른다는 안타까움에 서글퍼하시기도 하며 자녀에 대한 섭섭함과 원망하는 마음, 자녀에 대한 죄책감 등으로 당황스럽고 힘드실 것 같군요. 먼저 감정에 치우치지 않도록 자신의 마음을 정리할 수 있기를 바랍니다. 딸과 진지한 대화를 하려면 가장 어려운 일이 감정에 좌우되지 않도록 자신을 절제하는 것입니다.

가능하면 집을 떠나 둘이 함께 여행을 가는 것도 좋을 것입니다. 즐거운 시간을 갖기 위해 함께 운동이나 오락을 하는 것도 좋겠지요. 조용한 장소를 찾아 어릴 때의 좋은 추억을 나눌 수 있는 분위기에서 먼저 모녀의 사랑을 확인하며 열린 대화를 하도록 노력하셔야 합니다. 자녀의 처지에서 생각하며 딸의 마음을 이해하며 들으셔야 합니다. 어떤 강요나 설교나 훈계보다 자녀의 마음에 공감한다는 표현을 하시는 것이 자녀가 마음을 여는 데 도움이 될 것입니다.

자녀에게 먼저 어떤 요구나 명령, 지시를 하기보다는 자신이 스스로 마음을 정리할 수 있도록 기회를 주고 기다려보는 것이 조금 답답하게 느껴지실지 모르지만, 효과적일 수도 있습니다. 딸 역시 부모에 대한 미안한 마음과 죄의식으로, 또한 억제되지 않는 열정의 불길로 당황하며 불안한 가운데 있을 것이기 때문입니다.

남편과도 자녀의 문제를 함께 의논하여 냉정한 입장에서 자녀들이 상처를 가장 덜 받을 방법을 모색하도록 노력하셔야 합니다. 전문 상담가를 찾아 자녀들이 부모에게 할 수 없는 대화를 마음껏 할 수 있도록 기회를 주시는 것도 도움이 될 것입니다. 가능하면 자녀들이 떨어져 지낼 수 있도록 격려하는 방법도 있지만, 부모가 강제로 하기보다는 자녀들이 신뢰하고 존경하는 선생님이나 친척, 친구의 도움으로 결정하도록 하는 것이 바람직할 것입니다.

"재혼한 아내가 이혼을 요구합니다"

Q "얼마 전에 재혼한 아내가 서로 성격이 맞지 않는다고 이혼을 요구합니다. 제가 잘못한 것이 있다면 진실하게 사과하겠지만 성격이 안 맞는다고 이혼을 하자고 하니 할 말이 없습니다. 저는 이혼할 의사가 전혀 없는데 아내가 고집을 부리니 제가 어떻게 해야 하는지 답답하기만 합니다."

◆ ◆ ◆

A 재혼한 아내가 성격 탓으로 이혼을 요구하니 마음의 상처가 크실 것 같군요. 아내의 이혼 요구가 성격 탓이라고 하지만 아마도 남편이 아직 깨닫지 못하는 다른 이유가 있을 것입니다. 재혼하여 함께 적응하며 노력하여 새로운 삶의 기대를 충족시킨다는 것은 정말 쉬운 일이 아니지요. 처음 결혼하여 가정을 이루던 때보다 더 많은 사랑의 수고와 노력이 필요합니다.

먼저 경험한 배우자에 대한 기억과 생활들을 잊어버리고 새롭게 다시 시작하는 것이 서로에게 얼마나 힘든 일인지 실감을 하셨겠지요. 아내가 정확한 이유를 말하지 않은 것은 아마도 남편이 그 이유를 모른다는 사실에 더욱 절망하였기 때문일지도 모르지요. 혹시 예전의 아내를 생각하며 무심코 한 행동에 실망하거나 상처를 받은 것은 아닌지 한번 생각해보시지 않았나요? 여자들은 감정에 민감하여 작은 일에 쉽게 감동도 받지만 쉽게 상처도 받지요. 남편이 보기에 별로 대수롭지 않은 사사로운 일이 의

외로 아내에게는 아주 중요하고 심각한 일일 수도 있습니다.

무엇보다도 여자들은 남편에게 사랑받는다는 욕구가 채워져야만 살 맛을 느끼며 살아갈 이유를 발견한다는 사실을 기억하셔야 합니다. 그것은 아내가 남편으로부터 사랑받고 있다는 확신이 없을 때 여자는 삶의 의미를 상실한다는 말도 됩니다.

《여자는 차마 말 못하고 남자는 전혀 모르는 것들》이라는 책을 쓴 존 그레이는 이제는 서로 사랑하는 사람들이 사랑하는 기술을 배워야 한다고 강조하고 있습니다. 많은 사람이 결혼이 중요하다고 강조하면서도 그 중요한 결혼생활을 잘하는 방법을 배우지 않고 결혼하는 것은 참으로 안타까운 일입니다.

행복하게 살기 위하여 결혼도 하고 어려운 이민 생활을 견디며 사는 것인데 만일 삶의 의미를 느끼지 못한다면 얼마나 좌절감을 갖게 될까요? 행복한 결혼생활이란 결혼만 하면 저절로 이루어지는 것이 아니지요.

이제라도 늦지 않았으니 아내를 사랑하는 방법을 배우는 노력을 아끼지 않으신다면 아마도 아내의 마음을 돌이킬 수 있을 것입니다. 잘못한 것이 없다는 생각을 바꾸어 혹시 자신이 부족할지도 모른다는 생각을 하게 된다면 마음이 달라질 수 있을 것입니다. 결혼은 완전한 사람들이 하는 것이 아니라 부족한 사람들이 함께 도움을 주고받기 위하여 하는 것입니다. 부족하므로 실수도 하고 무지하므로 잘못도 하게 됩니다. 그러므로 서로 잘못을 시인하며 용서하는 일에 인색하지 않아야 합니다.

아내에게 자신의 연약함을 시인하며 허물의 용서를 구하시는 용기를 갖게 되기를 바랍니다. 힘들고 피곤한 이민 생활에 부부가 서로 위로와 기쁨을 맛보며 살아갈 수 있도록 남편이 적극적인 관심을 먼저 보이는 확고한 각오를 보여주세요. 아내의 작은 수고까지도 감사의 표현을 하세요. 아내의 존재에 감사하는 마음과 사랑하는 마음을 말로 표현하셔야 합니다.

남편의 헌신적인 사랑의 수고는 얼어붙은 아내의 마음을 녹일 수 있을 것입니다. 부부 세미나에 함께 참여하여 도움을 받으시는 것도 유익한 시간이 될 것입니다. 아내와 진실한 대화를 나눌 기회를 만들기 위한 여행을 계획하시는 것도 좋을 것입니다. 더욱 새롭게 친밀한 관계를 위하여 분위기를 바꾸어보시는 것도 도움이 되기 때문입니다. 아무쪼록 최선을 다하여 아내의 마음을 감동하게 하여 좋은 부부 관계가 회복되기를 기대합니다.

"아내가 아이 갖기를 꺼립니다"

Q "결혼한 지 3년 된 부부입니다. 저희는 둘이 다 직장생활을 하고 있습니다. 아내를 사랑하며 잘 도우려고 노력하며 살고 있습니다. 그런데 아내가 아이를 갖기를 꺼립니다. 저희보다 늦게 결혼한 친구들이 벌써 아빠가 된 걸 보면 저는 그들이 너무 부럽습니다. 그런데 아내는 그런 저를 못마땅하게 생각하며 옆에 가까이 오지도 못하게 하고 자주 신경질을 냅니다."

◆ ◆ ◆

A 아빠가 되고 싶은 남편의 마음을 이해해주지 못하는 아내가 야속하게 느껴지겠군요! 결혼 전에 데이트하면서 혹시 자녀에 대한 계획을 함께 나눈 적은 없는지요? 서로 맞벌이 부부로 결혼생활을 하면서 미래에 대한 계획을 함께 생각하며 경제생활에 대한 부담을 아내가 느끼고 있는 것은 아닌가요? 아내가 아이 갖기를 꺼리는 마음을 남편으로서 어떻게 이해하고 계시는지 함께 솔직하고도 진지하게 대화를 나누었나요? 아내가 아이 얘기만 하면 신경질을 내기 때문에 혼자만 속으로 애타고 있는 것은 아닌지 모르겠군요.

아이에 대한 소원과 기대도 중요하지만 먼저는 아내와의 관계가 더 중요하고 우선입니다. 부부의 성생활에 대해 먼저 생각해보기를 권합니다. 아내와 가장 친밀한 대화의 시간인 성생활에서 서로 기쁨을 누리며 오해가 없는지요? 두 분의 성생활에 관하여 대화를 나누며 서로의 깊은 생각과 느낌을 나눌 수 있기를 기대합니다.

혹시 아내가 성생활에 관해 부담을 느끼며 불편한 감정이 있다면 먼저 그 부분에 대한 오해가 해결되어야 합니다. 직장생활하는 아내가 유난히 피곤함을 느낀다든지, 아이에 대한 기대를 하는 남편에 대하여 생각지 못한 어떤 오해를 하는 것은 아닌지, 성생활에 대한 잘못된 편견이 아내에게 부담을 주는 것은 아닌지 함께 깊은 사랑의 대화를 나누는 기회를 마련해보시기 바랍니다. 혹시 아내에게 성에 대한 어떤 편견이나 상처가 있다면 아마도 그 아픈 마음이 남편의 깊은 사랑의 손길로 치유되어야 할 것입니다.

그리고 둘이서 이 문제에 관해서 대화하는 데 어려움을 느낀다면 두 사람이 신뢰하며 존경하는 신앙의 선배나 전문가의 도움을 받아보십시오. 두 사람의 결혼생활에 큰 활력을 갖게 될 것입니다.

부부는 성생활을 통해서 사랑의 열매인 자녀를 생명의 기업으로 받으므로 먼저 부부가 서로 깊이 이해하고 사랑하는 관계가 더 중요합니다. 자녀에 대한 지나친 기대나 초조함이 아름다운 성생활의 장해가 될 수도 있습니다. 자녀를 얻기 위해 아내를 사랑하는 것이 아니라 아내를 사랑하는 열매가 자녀라는 것을 아내가 느낄 수 있고 깨닫게 된다면 두 사람의 부부생활이 더 멋지고 풍성하게 될 것입니다. 아름다운 부부생활을 위하여 사랑의 기술을 배워 멋진 부부가 되기를 바랍니다.

"친정 부모를 모시고 사는데 갈등이 심합니다"

Q   "친정 부모와의 갈등으로 가정의 분위기가 항상 우울합니다. 제가 외동딸이기 때문에 부모를 모시고 있습니다. 그런데 너무나 지나친 간섭을 하시기 때문에 남편도 불편해하고 자기 방에서 나오지 않으려고 합니다. 아이들도 짜증을 내며 할머니를 싫어하는 것 같아 저는 바늘방석에 앉아있는 것 같습니다."

◆ ◆ ◆

A   하나밖에 없는 딸만 바라보시는 어머니를 생각하면 마음이 안쓰럽고, 가족을 생각하면 한편으로 미안하고 중간에서 이러지도 저러지도 못하는 안타까운 심정이겠군요. 어머니의 연세가 더 들수록 이 문제는 점점 더 심해질 가능성이 많을 것입니다. 외동딸에 대한 지나친 관심과 사랑의 표현이 주위 사람들을 불편하게 하며 짜증스럽게 만들 수 있지요. 노년에 대한 대비 없이 막연하게 자녀만을 의지하며 살아가셔야 하는 부모의 입장이 부담되실 것입니다.

외동딸에게 모든 소망이 있으므로 자녀를 과보호하며 키워왔는데 그 딸이 가정에서 가족들의 시중을 들거나 어려운 일을 감당해야 하는 모습을 보면 마음에 들지 않았을 수도 있습니다. 그러므로 사위나 손주들에게서 딸을 보호하기 위한 잔소리를 많이 하게 되고, 딸을 사랑하는 마음이 다른 가족들과는 어려운 관계가 되게 합니다. 자녀에 대한 지나친 집착과 사랑에 매여 자신도 편하지 못하고 주위 사람들에게도 불편함을 주게 되는 것이지요. 이제 성숙한 자녀의 처지를 이해할 수 있도록 부드러운 설득과 돌봄으로 부모님과 조심스럽게 대화로 해결하도록 노력하시기 바랍니다.

우선 딸에 대한 사랑의 에너지를 어머니 자신에게 돌릴 수 있도록 도와드려야 합니다. 대부분 부모님은 자신의 인생을 위해서 살아온 것이 아니라 자신을 돌보지 않고 다만 자녀의 인생을 위하여 희생하며 살아온 것을 큰 기쁨과 보람으로 여기셨습니다. 그러므로 자신의 삶에 대해서는 깊이 생각하지 않고 모든 기대와 소망을 자녀에게 두었는데, 이제 거기서 어떤 따돌림이나 무시를 당한다고 느끼시면 문제가 심각해집니다. 그러한 부모를 이해하지 못하고 자녀들이 일방적으로 불편한 마음을 표현한다면 아마도 굉장히 섭섭해하시고 노여워하시며 배신감을 느끼게 되실 것입니다.

이제 부모님께서 관심을 자기 자신에게 돌리도록 노력하셔야 하는데, 조심스럽게 서서히 접근하도록 주의하셔야 합니다. 혹시나 자신이 가정에서 배척을 받는다거나 소외를 당한다는 마음이 들게 되면 어머니에게는 큰 충격이 될 수 있으므로 더욱 부모님을 사랑한다는 표현과 관심을 기울여야 할 것입니다.

어머니의 친구들을 가정에 초대하거나 친구들과 자주 만날 수 있는 환경을 만들어드리는 것도 좋은 방법입니다. 즐거운 시간을 보내며 다른 사람들의 생각과 의견을 들을 수 있도록 해드리는 것입니다.

교회에서 운영하는 노인학교나 봉사활동을 하는 기관과 연결하여 어머니 자신의 삶을 분주하고 보람 있게 보낼 수 있도록 도와드리십시오. 무엇보다도 노년에 창조주 하나님을 만나 인생의 참다운 의미를 발견하는 기쁨을 누리게 되도록 존경하는 목사님과의 만남도 어머니에게 유익한 노년의 준비가 될 것입니다.

"시댁 친척의 행동에
너무 충격적이고 당황스럽습니다"

Q "기가 막힐 일을 당하고 보니 세상 사는 것이 너무 험악하고 무서워집니다. 서울에서 친척이 미국에 방문 왔는데 남편은 사업으로 바빠서 할 수 없이 제가 그분을 안내했습니다. 시집 식구들은 언제나 어려워서 최선을 다하여 정성껏 모셨는데 이 사람이 나쁜 마음을 가진 줄은 꿈에도 생각을 못 했습니다. 어느 날 아침에 남편이 일찍 출근한 후에 그분을 위해서 아침상을 따로 차리는데 느닷없이 저에게 덤비는 것이었습니다. 너무 놀라 소리를 지르고 밖으로 피하였기 때문에 아무 일은 없었고 그 사람도 곧 귀국했습니다. 그런데 이 사실을 남편에게 알리자니 너무나 충격적이라 어찌해야 좋을지 모르겠습니다."

◆ ◆ ◆

A 너무나 믿었던 가까운 친척에게 기가 막힐 일을 당하고 보니 얼마나 당황하고 놀라셨겠어요? 더구나 시댁 식구라니 남편이 받을 충격은 더욱 클 것입니다. 그러나 민첩하게 잘 피하여 사고를 면하였으니 너무나 다행인 일입니다. 정말 이 세상에 어느 사람도 믿을 수 없다는 큰 교훈을 가슴 아프게 배우셨을 것 같군요. 그런데 이런 생각하지도 못할 일을 당하고도 남편에게 이 사실을 나누는 일이 조심스러우니 얼마나 마음이 답답하시겠어요?

인간의 기본 도덕과 윤리가 무너져가며 가장 소중한 가정의 질서를 무너뜨리는 악의 세력이 들끓는 세상에서 아무 탈 없이 살아가기가 너무나 무섭고 힘들다는 것을 실감하게 됩니다. 정말 인간이 너무도 악하고 추한 죄인이라는 사실을 확인하면서 얼마나 세상에 대한 회의적인 생각이 드시겠어요! 그런데도 아직 우리는 최선을 다하여 우리 자신과 가정을 지키기 위해 죄와 악에 맞서 싸워 이기는 노력을 해야 합니다.

그 상황에서 머뭇거리지 않고 단호하게 잘 처리하신 용기와 남편에게 조심스럽게 접근하려는 신중함에 격려를 보냅니다. 아내의 지혜와 결단으로 위기를 극복하여 깨어지기 쉬운 가정을 잘 보호하고 지킬 수 있도록 도와주신 하나님의 은혜가 있는 줄 믿습니다.

지금 그 상황을 남편에게 얘기한다는 것은 별로 도움이 되지 않는다고 생각이 됩니다. 언젠가는 알게 되겠지만 지금은 아직 냉정한 마음으로 판단하기에는 너무나 충격적이므로 문제를 더욱 확대해 서로에게 더 큰 상처를 주게 될 가능성이 있습니다. 우선 본인의 마음에 받은 상처가 아물도록 조용한 시간과 안정이 필요합니다.

그 사건을 빨리 잊어버리도록 긍정적인 생각과 감사한 마음으로 운동이나 취미생활을 즐기시기 바랍니다. 혹시라도 시집에 대한 불평이나 원망하는 마음으로 자신을 괴롭히거나 남편에게 부정적인 표현을 하는 것은 삼가야 합니다.

어느 정도 시간이 지나서 마음이 안정되고 남편도 용납할 수 있는 준비가 되면 지혜롭게 의논하되 너무 세밀하게 말하지 않도록 주의하십시오. 자칫 잘못하면 남편에게 큰 부담을 줄 수도 있습니다.

불행한 일이 생길 뻔하였지만 실제로 무슨 사건이 생긴 것은 아니므로 그런 일이 재발하지 않도록 이것을 경고로 받아들이시고 자신의 생활과 습관들을 정리하며 점검할 수 있는 좋은 각성의 기회로 해석하는 것이 좋겠습니다. 스스로 더욱 새롭게 성장하도록 노력하여 인생의 걸림돌이 될 뻔한 문제를 디딤돌로 만드는 성숙함을 발휘하시기를 기대합니다.

"시어머니 때문에 너무 힘듭니다"

Q   "시어머니의 절대적인 권위 행사와 시누이의 간섭으로 부부 갈등이 심해져 가고 있습니다. 큰동서도 견디다 못해 이혼하였습니다. 남편은 부모에게 복종해야 집안이 편하다는 생각 때문에 시집에 관한 일들은 함께 이야기할 수가 없습니다. 시어머니께서 수시로 전화하여 호출하므로 개인생활이 없을 지경입니다. 이런 상태로 결혼생활을 할 수 없을 것 같은 불안한 생각이 듭니다."

• • •

A   결혼이란 '부모를 떠나 아내와 연합하여 한 몸을 이루는' 것인데 남편이 부모를 떠나지 못하고 부모님도 아들을 떠나보내지 못하였기 때문에 겪는 가정의 어려움을 보니 정말 안타깝습니다. 시어머니 한 분도 감당하기 어려운데 시누이까지 부담을 주니 시집 식구로부터 받는 스트레스가 심할 것은 말할 필요도 없을 텐데, 아마도 가장 힘든 것은 남편의 무관심과 몰이해일 것입니다. 거기다 큰동서의 이혼은 미래에 대한 불안과 동시에 동서의 용기에 대한 부러운 마음도 들게 할 것입니다.

그러나 그 힘든 갈등과 희생을 감수하면서도 '가정은 지켜야' 된다는 믿음을 저버리지 않으시기를 바랍니다. 그만한 가치가 있는 일이기 때문입니다. 가정이 살아야 개인도 살 수 있습니다. 가정이 희생되면서 개인의 행복을 기대할 수는 없습니다. 이제 가정도 살리고 개인도 살아갈 방법을 함께 생각하면서 노력한다면 반드시 희생의 열매를 맛보게 될 것입니다.

먼저 남편과 대화의 길을 찾아야 합니다. 혼자만 속으로 앓지 마시고, 솔직한 마음을 말로 하기 어렵다면 글로 표현하는 방법도 있습니다. 시집 식구들에 대한 불만이나 불평을 언급하지 마시고 자신의 마음 상태와 감정의 불안함을 솔직하게 말하며 남편의 도움을 청하십시오. 자신의 연약함과 부족함의 고민을 함께 나누며 행복한 가정을 이끌어 가기 위한 남편의 협조와 제안을 구하십시오.

긍정적이고 건설적인 생각들을 나눌 수 있도록 대화의 분위기를 이끌어 가셔야 합니다. 평안한 가정을 진실로 원하지만 자신의 한계가 있음을 인정하면서 남편의 절대적인 이해와 도움이 필요함을 간절하게 호소하여 남편과 진솔한 대화가 이루어지기를 기대합니다. 그리고 시집 식구들과 갈등 해소를 위한 구체적인 협조 사항을 남편과 함께 의논하여 실천하도록 노력하는 의지를 보여야 합니다.

때리는 시어머니보다 말리는 시누이가 밉다는 말이 있지만, 시누이라는 걸림돌의 위치를 변형하면 효과적인 디딤돌의 가능성이 있음을 기억하셔야 합니다. 그러니 시누이를 내 편으로 만들 수 있는 지혜를 짜보시기 바랍니다. 시누이의 성격과 상황을 잘 파악하여 그 마음을 살 수 있는 재치 있는 처방을 구하십시오.

아마도 친절이라는 약보다 더 좋은 약은 없을 것입니다. 사람은 누구나 대접받기를 좋아하기 때문에 먼저 시누이에게 가장 좋은 대접을 할 수 있는 마음의 여유가 생긴다면 의외로 문제는 쉽게 풀릴 수 있습니다. 그렇다면 시누이가 시어머니의 마음을 움직일 수 있는 좋은 지렛대의 역할을 해줄 것입니다. 진실한 마음으로 시누이를 사랑하며 시어머니를 섬기려고 각오한다면 어떤 어려움도 이겨낼 힘이 생길 것입니다.

시집 식구들의 뾰족하고 모난 마음을 변화시킬 수 있는 사랑과 섬김의 수고를 아끼지 않는 희생의 힘은 오직 위로부터 오는 신앙의 힘으로만 가능할 것입니다. 하나님을 믿는 바른 신앙으로 지혜와 사랑과 용기를 얻으셔서 이 어려움을 잘 극복하시고 가정에 평화와 쉼을 찾으시기 바랍니다.

"사춘기 딸아이의 행동에 충격이 큽니다"

Q "저는 중학생의 두 자녀를 둔 주부입니다. 온 가족이 교회생활에 충실한 행복한 가정이라고 자부하며 살았습니다. 그런데 어느 날 우연히 큰딸의 일기장을 보고는 너무나 충격을 받고 낙심 중입니다. 남녀 친구들과 함께 술을 마시며 재미있게 놀았다는 내용이었습니다. 놀란 가슴을 진정시키고 남편과 의논하여 딸과 대화를 하려고 마음을 단단히 준비하였는데 딸이 계속 거짓말만 하여 화가 나고 그 아이가 미워서 도무지 대화할 수가 없습니다. 이 답답한 심정을 어떻게 풀어가야 할지 모르겠어요."

◆ ◆ ◆

A 믿었던 자녀에게 너무나 실망하여 마음의 충격이 컸지만 그래도 남편과 의논할 수 있는, 대화가 가능한 가정 분위기라 다행이라는 생각이 듭니다. 사춘기 자녀를 둔 부모님의 어려움을 예측하셨겠지만, 막상 당하고 보면 너무나 당황하게 됩니다. 사춘기의 자녀들과 대화를 나눈다는 것이 쉽지 않음을 경험하셨지요?

우선 화가 난 상태에서는 누구와도 대화할 수가 없습니다. 자신과의 대화를 통해서 화가 난 감정이 정리될 때까지 조금 기다리셔야 합니다. 자녀를 이해한다는 것이 쉬운 일이 아니지만, 자녀를 이해하지 못하고는 대화를 할 수가 없습니다. 일방적으로 꾸중이나 훈계만 하게 되면 점점 더 자녀와 대화의 길이 막히게 되기 때문입니다.

사춘기를 '질풍노도의 시기'라고 학자들이 말하는 것처럼, 이 때는 자신의 정체성을 발견하려고 방황하며 갈등하는 시기입니다. 그래서 자녀들이 많은 실수를 하게 되며 부모들의 근심이 되는 행동을 서슴없이 하여 주위 사람들을 놀라게 합니다.

딸의 행동을 인정하는 것은 아니지만 객관적으로 볼 수 있는 마음의 여유가 생겨야 자녀와 솔직히 대화할 수 있을 것입니다. 만일 어머니께서 너무나 감정적이라 절제가 되지 않는다면 아버지나 자녀가 신뢰하는 오빠나 성숙한 선배의 도움을 구하는 것이 효과적일 수도 있습니다. 자녀의 행동에 너무 민감한 반응을 나타내기보다는 자녀의 마음을 관찰하는 지혜가 필요합니다.

오히려 이런 일을 통해 사춘기 자녀들에게 세심한 관심을 두고 그들과 친밀한 관계를 갖도록 노력하여 함께 성장할 유익한 기회가 될 수 있습니다. 문제가 없는 가정이 행복한 가정이 아니라 어떠한 문제라도 해결할 수 있는 능력이 있는 가정이 건강한 가정이라고 생각됩니다.

자녀들의 실수를 여유 있게 수용할 수 있는 자녀에 대한 부모의 믿음이 자녀를 바른 길로 인도하는 데 도움이 될 수 있습니다. 딸아이에게 푸념이나 부정적인 언급을 하기보다는 기대와 소망을 주는 대화로 자녀가 자신의 소중함을 깨달아 자신을 귀하게 여길 수 있도록 용기를 북돋아 주기를 바랍니다.

"대학생 아들이 도박장을 출입합니다"

Q   "대학에 다니는 아들이 도박장 카지노에 다닌다는 기가 막힌 소식을 들었습니다. 학교가 집에서 그리 멀지 않아 두 주일에 한 번씩 집에 오곤 합니다. 가족이 함께 사회생활도 충실하게 합니다. 친구들과 함께 간다고 합니다. 학교를 옮겨야 할지 어떻게 해야 할지 답답하기만 합니다. 이렇게 착실한 아들에게 실망하고 보니 삶의 의욕을 잃게 되는 것 같습니다."

◆ ◆ ◆

A   공부 잘하고 착하다고 믿었던 아들이 부모들이 가장 염려하던 도박에 손을 댔다는 소식을 들었으니 많이 당황하셨을 것입니다. 먼저 놀란 마음을 진정하고 아들과 차분하게 대화를 하도록 노력하셔야 합니다. 언제부터 시작하여 지금은 어느 정도로 자주 가고 있는지, 그리고 돈의 출처와 상황에 대하여 솔직하게 대화를 나누셔야 합니다.

친구 따라 호기심으로 몇 번 따라간 정도라면 너무 심하게 꾸중을 하거나 추궁을 하기보다는 설득하여 악은 모양이라도 버리도록 마음의 결단을 하게 도와주어야 합니다. 만일 심한 경우라면 자녀와 함께 전문 상담가를 찾아 도움을 구하는 것이 바람직합니다.

대학에서 공부하는 일이 쉽지 않으므로 많은 자녀가 힘들어하고 있습니다. 스트레스를 건전한 취미나 오락으로 풀지 못하고 친구 따라 몇 번 하던 것이 습관이 될 수도 있습니다. 두 주일에 한 번씩 집에 온다고 했는데 집에 와서 부모와 편안하게 고민을 함께 나눌 수 있다면 아들의 정서생활에 도움이 될 것입니다.

자녀에 대한 과잉보호는 무관심과 똑같은 상처를 주게 됩니다. 아들에 대한 지나친 간섭이나 통제는 자녀에게 열등감과 무력감을 느끼게 하여 의지가 약해질 수 있습니다. 자녀의 나이와 능력에 맞는 책임감을 부여하여 자녀가 부모로부터 신뢰를 받고 있다고 느끼게 될 때 용기를 갖게 됩니다.

부모에게 신뢰를 회복할 기회를 아들에게 주는 것은 어떨지 한번 생각해볼 만합니다. 사실은 공부를 잘할 때보다 못했을 때 더 격려가 필요합니다. 사람이 실수했을 때에 그 어느 때보다도 사랑이 더 필요합니다.

신앙은 가장 어려울 때 그 진가가 드러납니다. 삶의 위기를 느낄 때 기도할 수 있는 특권을 누리시기를 바랍니다. 아들의 신앙생활을 점검할 좋은 기회이기도 합니다. 하나님과의 관계를 회복하여 성숙한 인격으로 성장할 기회를 감사하게 받아들일 수 있는 믿음의 부모가 되실 것을 기대합니다.

"경제력이 없이 무능한 남편이 싫습니다"

Ⓠ "엄격한 아버지 밑에서 자라서인지 호탕하고 남자다우며 자유분방한 남편에게 매력을 느껴서 상당한 기간에 걸쳐 연애한 후에 결혼하였습니다. 그런데 막상 결혼한 후에 늘 술과 친구를 너무 좋아하면서 생활력이 없어 아직도 친정의 경제적인 도움을 받고 있습니다. 최근에는 도박에까지 손을 대고 있으며, 음주운전을 자주 하고 가정생활이 엉망입니다. 하나밖에 없는 8살 된 아들에게 자주 짜증을 내며, 제가 교회에서 봉사하는 것까지 못하게 합니다. 이혼하겠다고 말하면 남편은 다시는 안 그러겠다고 하면서 미안해하지만 그때뿐입니다. 너무나 슬프고 우울하여 교회에 가기도 싫고 가끔 죽고 싶은 생각까지 듭니다."

◆ ◆ ◆

Ⓐ 결혼은 서로에게 돕는 배필이 되겠다고 하나님 앞에서 한 신성한 약속입니다. 그리고 성숙한 사람은 자기의 약속을 이행하는 책임감이 강한 사람입니다. 지금에 와서 과거 자기의 결정이 잘못되었다고 하거나, 후회하는 것보다는 이 현실적인 문제를 보다 적극적으로 풀어나가실 수 있기를 바랍니다. 실제 겪고 있는 상황은 답답하고 우울하지만, 어려운 상황을 해결할 수 있는 능력을 소유한 사람만이 이 세대를 책임질 수 있습니다. 더욱이 신앙을 가진 분이기 때문에 반드시 해결의 열쇠를 찾을 수 있습니다.

결혼 전에 느끼던 남편의 매력이 지금은 결혼생활에 문제가 됨을 깨닫게 됩니다. 결혼 전에 더욱 깊이 알고 훈련받아야 할 부분들을 받지 못했기 때문에 지금에 와서 받는 고통이지만, 지금이라도 서로의 성숙을 위하여 필요한 훈련이라고 생각하며 현실적으로 받아들여야 합니다. 사랑하는 자녀의 행복과 남편의 행복만이 아니라 자기 자신의 행복을 위하여 치르는 대가라고 생각한다면 아무리 값비싼 것이라도 못 할 것도 없지 않겠어요?

남편이 가장으로서 가져야 할 능력을 키우도록 하기 위하여 도움을 줄 방법을 찾아야 합니다. 이제 친정의 도움을 받는 것보다 남편이 일할 수 있는 일터를 함께 구하도록 노력해보십시오. 남편의 절제하지 못하는 습관을 내버려 두지 말고 막아줄 방법을 연구하시고, 남편을 계속해서 이끌어 가는 부정적인 환경을 차단하도록 노력하십시오.

건강한 가정생활을 할 수 있도록 남편과 좀 더 진지하고 솔직히 대화할 수 있는 분위기를 만들도록 노력하셔야 합니다. 남자답다고 하신 것을 볼 때 남편은 잘 이해하고 설득만 하면 힘든 일도 잘할 수 있는 분으로 생각됩니다. 그리고 아버지가 지녀야 할 긍지와 함께 부담을 느낄 수 있도록, 아들과 친해질 기회를 만드는 것도 바람직합니다. 주위에 영적인 도움을 줄 수 있는 분과 가깝게 교제하며 기도의 협조를 부탁하세요.

이 문제를 지혜롭게 극복하고 남편을 도와줌으로써 남편에게 진정으로 돕는 배필이 될 좋은 기회라고 생각하시고, 또한 자신의 인격과 신앙의 성숙을 위하여 노력하신다면 반드시 좋은 열매를 맺을 수 있습니다. 희생 없는 대가는 없다는 것을 새삼 깊이 생각하시고 새로 시작하는 마음으로 힘을 내시기 바랍니다.

"어린 딸 때문에 재혼이 망설여집니다"

Q "6살 된 딸을 키우고 있으며 3년 전에 남편과 이혼한 30대 주부입니다. 결혼에 실패한 이후 힘들어하는 나에게 친구처럼, 오빠처럼 살펴주는 같은 직장에 다니는 사람이 있습니다. 그 사람도 결혼에 실패한 경험이 있는 사람이라 서로 어려움을 잘 이해하는 편입니다. 주위의 권면도 있고 해서 재혼을 생각해보며 딸에게 물어보니, 너무나 그 사람을 싫어하는 반응을 나타내어 당황하였습니다. 그동안 내 고집으로 이혼한 후 아빠를 한 번도 만나보지 못하게 한 것이 딸에게 마음의 큰 상처를 주었다는 사실을 깨닫게 되었습니다. 지금은 저의 재혼보다 딸의 상처난 마음을 어떻게 치료해주어야 할지 걱정입니다."

◆ ◆ ◆

A 이혼은 본인들에게도 상처가 되지만 어린 딸에게 가장 감당하기 어려운 상처가 된다는 사실을 이제야 깨닫게 되었다니 안타까운 일입니다. 어린애라 아무것도 모를 것이라고 무심하게 생각하였을지도 모르지만 어릴 때 상처가 너무나 오랫동안 깊은 상처로 남는다는 것을 우리는 너무 늦게야 발견하게 되지요. 그래도 엄마가 자신의 재혼 문제보다 먼저 어린 딸의 상처를 치료하기 위해 노력하게 되어 너무나 다행이라는 생각이 듭니다.

어린이 전문 상담가의 도움을 받는 것도 좋을 듯합니다. 그러나 먼저 딸과 엄마가 좋은 관계를 이루기 위한 시간이 필요합니다. 《어느 날 갑자기》라는, 이혼한 가정의 이야기를 자녀의 처지에서 쓴 책을 읽은 적이 있습니다. 이혼한 부모들이 한번 읽어본다면 자녀의 마음을 이해하는 데 도움이 될 것입니다.

매일 사랑하는 아빠를 기다리던 딸에게 어느 날부터인가 아빠를 볼 수 없었던 충격이 얼마나 컸을지 부모들이 어떻게 이해할 수 있겠습니까? 부모들에게는 서로에게 충분한 이유가 있고, 그래도 이해할 수 있는 갈등이 있었겠지만, 딸에게는 엄마와 아빠가 모두 다 사랑스럽고 소중한 분들이 아니겠어요?

그리고 딸에게는 아빠에 대한 그리움이나 버림받은 것 같은 잘못된 인식으로 인하여 생긴 분노가 있을 수도 있습니다. 설명할 수 없는 마음의 상처들을 치유하기 위해서는 딸을 위하여 하나님께 간절히 기도하며 도움을 받으시기 바랍니다. 자녀의 마음을 다루시는 하나님의 사랑의 손길에 자녀를 맡기세요. 그리고 딸과 함께 마음속에 있는 것을 이야기할 수 있도록, 기도하는 시간을 가지세요. 매일 딸과 시간을 함께 나누며, 아빠에 관한 이야기도 솔직하게 할 수 있도록 여유 있는 대화를 할 기회를 만드시는 것이 좋습니다.

무엇보다도 엄마 아빠가 아직도 딸을 가장 사랑하고 있다는 사실을 확인시켜 주셔야 합니다. 딸의 상처를 가장 잘 치유해줄 수 있는 길은 오직 '사랑 요법'입니다.

PART 2 일상의 행복

행복한 사람

♥　할 일이 없는 인생처럼 비참한 인생은 없을 것이다. 할 일이 없다는 것은 죽음을 의미하는 것이며, 반면에 일이 있다는 것은 살아있다는 증거이다. 그러므로 빨리 늙고 죽음을 재촉하는 길은 아무 일도 하지 않는 것이다.

내가 누군가에게 유익한 존재가 되며 도움을 주게 된다는 사실을 발견할 때 인간은 비로소 자아실현의 욕구를 성취하는 기쁨을 누리게 된다. 그러므로 나에게 보람 있는 '일'이 있다는 것은 너무나 소중하며 행복한 사람이라는 자부심을 느끼게 한다.

특히 사람을 사랑하며 섬기는 상담 사역은 사람을 살려주는 일이라고 생각하여 더없는 긍지와 의미가 있게 한다. 다른 사람을 도와줄 수 있는 자신을 발견할 때 보람을 느끼며 본인에게도 삶의 생기가 솟아나는 것을 경험하기도 한다. 마음이 외로워서 슬퍼할 때 위로를 주며 무거운 부담과 짐으로 마음이 눌려서 실망하거나 좌절해있는 사람들에게 희망과 힘을 불어주는 좋은 소식을 전할 때 우리는 함께 기쁨을 맛보게 된다.

또한 삶의 의미를 찾지 못해 방황하는 사람들에게 진리의 길을 제시해주는 안내자의 역할은 참으로 보람을 느끼게 한다. 마치 자녀를 낳을 때 해산의 고통을 통하여 자녀의 탄생으로 인한 큰 기쁨을 누리는 것같이 영적인 해산의 수고를 통하여 창조의 기쁨을 누리는 상담 사역을 나는 사랑하기 때문에 큰 행복을 느낀다.

사실 행복은 어느 시인의 말처럼 먼 산 너머나 깊은 강 건너에 숨어서 사람들의 마음을 조바심 나게 하는 것이 아니라, 우리의 손이 닿을 만한 곳, 우리 가까이에 있다. 유명한 시인의 글에 나오는 '라운폴의 꿈' 이야기처럼, 행복은 바로 우리 곁에 있다.

예수께서 사용하셨다는 금잔을 찾아 일생을 다 써버린 어떤 사람이 나이 들어 실패한 인생을 한탄하며 고향에 돌아오는데, 알고 보니 자기가 일생 허리춤에 매달고 다녔던 그 초라한 쪽박이 바로 그가 찾아다녔던 금잔이었다는 것이다.

행복한 사람은 태어나는 것이 아니다. 스스로 만들어가는 것이다. 그리고 내일의 행복을 얻기 위하여 오늘을 불행 중에 사는 것이 아니라, 행복의 근원이 되는 비밀을 자기 속에 품고 매일 행복한 삶을 연습하며 살아가는 것이다.

하루를 행복하게 살려면

♥　　밤을 새우기는 쉬운데 새벽을 깨우는 것은 너무나 힘이 드는 올빼미형이라 목회를 하면서 제일 주눅이 드는 일이 새벽기도회였다. 그래도 교인이 많은 큰 교회에서는 거리도 멀고 학교에 다니는 자녀들 때문에 변명의 여지가 있으며 종종 '결석하는 것'도 은혜로 넘어갔다. 하지만 교회를 새로 시작하면서 기도하지 않을 수 없는 상황이 되니 어떤 핑계도 용납이 될 수 없었다.

밤에 일찍 자야 새벽을 깨울 수 있다는 강박증 때문에 억지로 잠을 청하다가 밤을 꼴딱 새우고 새벽을 맞이하니 온종일 비몽사몽으로 헤매고 다니는 너무나 피곤한 삶이었다. 잠을 못 자고 새벽기도회에 참석하다 보면 피곤 때문에 졸기도 하고 기도도 잘 못하고 정말 도움이 되지 않았다. 하지만 그냥 체면 유지로 며칠 지탱할 상황이 아니었다. 하나님께 체질을 새벽형으로 바꾸어달라고 간청을 드리며 새벽을 정복하리라는 결심을 다부지게 하였다.

피나는(?) 노력을 한 결과 지금은 아무 갈등 없이 시계 없이도 자동으로 새벽을 맞이하며 즐긴다. 내가 힘든 경험을 했기 때문에 특히 밤늦게 자는 젊은 교인들이 새벽기도회에 못 나오는 것을 너무나 관대하게 이해한다. 그런데도 새벽에 기도하러 나오는 청년들을 보면 정말 '새벽이슬'로 비유되는 청년들이 너무나 예쁘고 대견하게 생각된다.

실제로 새벽기도회에 나와서 좋은 배우자를 만난 부부들도 있다. 힘들게 노력해서 얻은 새벽을 깨우는 좋은 습관은 하루를 풍성하게 보내게 해준다. 예수님이 습관을 좇아 감람산에 가신 것처럼 나도 새벽기도회를 끝내고는 글렌데일 뒷산에 올라가는 좋은 습관을 갖게 되었다.

건강과 운동에 관한 관심은 모든 사람의 주제이다. 매일 산에 오르기도 정말 쉽지 않은 일이었지만 그래도 이제는 꾸준하게 한다. 건강을 위하여 열심히 걷기 시작하였지만 이제는 정말 그 시간을 사랑하며 연애하는 마음으로 즐기게 되었다.

예배당에서 기도하는 시간과 달리 산을 오르며 하늘과 땅을 지으신 그분과 자연 속에서 나누는 대화는 신선한 공기만큼이나 감동을 주는 사건이며 시간이다. 그 시간에 과거와 미래를 왔다 갔다 하며 많은 사람을 생각하고 마음속에서 만나게 된다. 바로 그 시간에 나는 내가 관심을 두고 사랑해야 할 사람들에게 바쁘다는 이유로 무심했던 미안함과 나의 성실하지 못함을 자책하면서 반성하기도 한다. 그리고 그 시간에 만나야 할 사람과 해야 할 일들을 생각하며 계획하고 정리한다.

바쁘게 사람들과 일에 쫓기며 끌려다니던 분주한 삶에서 새벽을 열고 산을 오르며 이제는 시간을 이끌어 가는 여유 있는 삶으로 바뀌어간다. 산을 오르고 내려오며 생각이 많이 달라지는 자신을 보게 된다. 마음의 여유를 찾고 자신을 받아들이고 나와 많이 다른 사람도 이해하는 데 도움이 되는 것 같다. 대자연의 푸근함과 변치 않는 넉넉함에 인생의 갈등을 일으키는 시기와 질투심과 열등감, 욕심과 야망과 비교의식도 버릴 수 있는 여유가 생기게 되는 것 같다.

　단지 체질을 바꾸어달라고 어린아이 같은 투정을 하며 드린 기도였는데 정말로 생각까지 바뀌게 되어 마음도 육체도 건강해지는 보너스의 은혜를 경험하며 안정된 심령으로 하루를 행복하게 사는 비결을 배운다.

> "내가 산을 향하여 눈을 들리라. 나의 도움이 어디서 올꼬.
> 나의 도움이 천지를 지으신 여호와에게서로다."
>
> (시 121:1)

너는 행복자로다!

제가 세상에서 가장 존경하는 나의 아버지께

사랑하는 아버지!
아버지를 보면서 가끔 삶이 얼마나 힘들 수 있는지,
그래도 그 안에서 어떻게 찬양할 수 있는지
감탄할 때가 종종 있습니다.
아직 제가 큰 힘이 되어드리지 못함이 얼마나 죄스러운지…….
항상 기도하는 아들이 되겠습니다.
사랑해요!! 힘내세요!

큰아들 수현 올림

♥   주일 새벽에 남편의 책상에 놓여있는 아들의 카드를 보며 어찌 그리 마음이 찡하던지…….

목회하면서 어려움을 당하는 아버지를 위로하는 아들이 대견스럽다.

어떤 영화에서 들은 "상처는 시간이 지나가면 사라지지만 사랑은 영원하다"라는 대사가 기억난다. 많은 사람이 살아가면서 상처를 받지만, 시간이 흐르면서 잊어버리게 된다. 세월이 약이라는 말이 맞는 것 같다. 사람이 만날 때와 헤어질 때가 있으며, 사랑할 때와 미워할 때가 있다. 그러나 누구든지 어려움을 당할 때, 힘들어할 때, 병들어 고생할 때, 실직하여 낙심할 때, 데이트 하다 실연당했을 때가 가장 사랑이 필요할 때이다.

"엄마! 엄마! 이 전화는 엄마가 꼭 들으셨어야 해요!"
"무슨 전화인데?"
"박 목사님은 정말 좋은 목사님이래요!"
"……."
"그런 좋은 목사님을 아빠로 가질 수 있으니 얼마나 좋겠냐고 하시면서 우시는 거예요! 아빠는 좋은 목사님이라고 똑같은 말씀을 세 번이나 하시면서 우시잖아요. 전화를 끊을 수가 없었어요. 남자가 우는 거 처음 봤어요! 엄마!"
어느 성도의 전화를 받고 아들이 하는 말이었다.
아버지를 멋있는 분이라고 생각하는데 목회 현장에서 어려움을 당하는 아버지를 지켜보면서 많은 상처를 받은 아들에게 이 짧은 한 통의 전화는 천사가 전해주는 위로의 음성으로 들린 것 같다.

나는 얼마 전에 청소를 하다가 의자에서 떨어지는 바람에 다리를 다쳐서 가족의 도움 없이는 아무것도 할 수 없는 무력한 존재가 되었다. 꼼짝 못 하고 누워있는 엄마에게 쟁반에 밥을 갖다 주고, 물을 떠다 주며 꼼꼼하게 챙겨주는 아들들의 사랑, 끙끙거리며 답답해하는 아내의 짜증을 받아주며 기도해주는 남편의 사랑, 김치찌개를 끓여 먼 길를 달려오는 집사님의 사랑, 당신 잡수시라고 자녀들이 사다 드린 빵을 봉지에 싸서 새벽기도 끝내고 나오는 목사님께 사모님 전해달라고 챙겨주시는 권사님의 사랑……. 이렇게 황송한 사랑을 받으니 자신이 얼마나 소중한 존재인지 다시 느끼고 사랑의 능력에 용기와 힘을 얻으며 감사할 뿐이다.

사람이 사람을 사랑하는 일이 얼마나 귀한 일인지를, 내가 해야 할 가장 의미 있는 일이 바로 사람을 사랑하는 일이라는 것을 더욱 새삼스럽게 깨닫게 되었다. 사랑하는 사람이 있는 한, 사람은 살아갈 이유가 충분하기 때문이다.

소중한 가정

♥　　　인생을 성공한 많은 사람에게 행복의 요인이 무엇인가를 조사한 결과는 그들에게 사랑하는 가족이 있었다는 것이다. 사람마다 행복을 추구하기 위하여 온갖 노력을 아끼지 아니하며 수고를 하고 있다. 좀 더 편안한 삶을 위하여 부를 얻으려고 열심히 일하기도 하고 명예를 얻기 위하여 많은 노력을 하기도 하며 권세의 힘을 추구하며 안간힘을 쓰고 있지만, 사실은 그러한 것들이 결코 어떠한 행복과 기쁨도 주지 못한다는 것을 너무나 늦게 깨닫게 된다.

　뜨거운 햇볕을 받으며 살아가는 우리는 때로 태양의 고마움을 잊고 살 때가 있다. 너무 당연한 환경이 주는 고마움을 잊어버리는 것처럼 우리는 사랑하는 가족들이 있는 가정의 소중함을 때때로 잊고 있는 것은 아닌지 모르겠다.

　가정은 생명이 태어나는 곳이며, 서로 사랑을 나누며, 서로의 부끄러움을 나누며 성장하는 곳이다. 가정은 부족한 사람들끼리 살아가면서, 서로의 허물과 잘못도 감싸주며 용서하는 것을 배우는 인격의 훈련소이다. 가정은 사랑을 배우며, 사랑을 실천하는 삶을 배우는 곳이다.

　서로 다른 환경에서 자란 두 사람이 만나 가정을 이루며 살아가는 일이 결코 쉬운 일이 아니다. 아무리 깨끗하고 잘난 사람들이 모이는 곳이라도 항상 쓰레기가 생겨 심각한 공해 문제가 되

는 것처럼, 사랑하는 사람들끼리 사는 가정이라도 문제가 없을
수는 없다.

가정이란 어려운 문제들이 있지만 해결할 수 있는 능력을 키
우는 곳이다. 미숙하고 온전치 못한 부족한 사람들이 성숙해가기
위하여, 쉽게 말하면 '사람다운 사람'이 되기 위하여 가정이 필요
하다. 가정이 깨어지면 사람이 상하게 되기 때문에 가정을 지키
는 것이 사람을 살리는 길이다.

가정의 소중함을 잊어버리면 우리는 너무나 큰 것을 잃게 된
다. 가정의 고마움을 잊는다면 햇빛이 없는 세상과 같이 생명의
소중함과 사랑의 놀라운 힘과 함께 '사람됨'을 잃게 될 것이다. 가
정의 소중함을 지키기 위하여 어떤 어려움이나 희생도 아끼지 않
아야 한다. 가정은 너무나 소중하기 때문에!

내가 꿈꾸는 교회

♥ 　　아이들이 소꿉장난을 하면서 노는 모습을 보면 엄마 아빠 놀이를 가장 즐거워한다. 어려서부터 결혼하는 꿈을 꾸며, 누구와 결혼하고 어떻게 결혼할지를 꿈꾸며 산다. 좋은 배우자를 만나는 꿈을 실현하기 위해 여러 사람을 만나고 또 열심히 살아간다.

학생이 되면 공부 잘하는 꿈을 꾸고, 학교를 졸업하면 좋은 직장과 앞으로 펼쳐질 미래를 위해 꿈을 꾼다. 사랑하는 사람을 만나 사랑을 완성해가는 꿈을 이루기 위해 열심히 노력하면서 아름다운 가정을 가꾸어간다.

그런데 꿈을 이루기 위해 앞으로, 위를 향하여 달려가다가 넘어지고 힘들어하는 사람도 있다. 그래서 많은 어려움 속에서 꿈이 사라지거나 깨어지는 아픔을 겪기도 한다. "꿈은 아무리 커도 세금을 내지 않는다"라는 말은 꿈을 크게 가지라는 뜻일 것이다. 그러나 너무 큰 꿈에 눌려 지치지 않기 위해서는 반드시 쉼도 필요하다.

꿈이 없는 사람은 재미없는 인생을 살아갈 것이다. "비전이 없는 백성은 방자하게 행한다"라고 성경은 말한다. 어떤 꿈을 꾸는가가 그 사람의 인생을 말해줄 것이다. 나는 요사이 '꿈과 쉼이 있는 만남의 공동체'라는 가정 같은 교회에 대한 꿈으로 가슴이 벅차다.

행복하기 위하여 결혼해서 가정을 이루며 살아가는 것이 많은 사람의 꿈인데, 요즘에는 그러한 꿈이 너무 빨리 깨어져서 힘들어하는 가정들의 아픔의 외침이 너무나 크게 들리고 있다. 무너지는 가정을 세워주는 울타리가 되어주고, 소망을 줄 수 있는 하나님의 교회에 대한 꿈이다.

하나님 말씀의 원리대로 순종하는 교회, 그래서 하나님의 형상을 닮은 모습을 되찾아 멋있는 인생을 살도록 바른 안내를 해주는 교회, 세상이 줄 수 없는 진실한 사랑의 교제와 기쁨이 있는 교회, 시끄러운 소음과 공해 속에서도 안식을 누릴 수 있는 평화를 맛보는 교회, 생각만 해도 가고 싶고 머물고 싶고 아끼고 싶은 교회, 너무나 좋아서 소리 지르며 노래하고 기도하며 마음껏 꿈을 꾸는 교회, 서로 도와주며 의미를 찾아 보람을 느끼며 성장하는 교회. 와! 생각만 해도 가슴이 벅차고 할 일이 너무 많아 잠을 이룰 수 없다. 하지만 이 꿈을 이루기 위해, 가끔은 '쉼'도 누려야 할 것 같다.

부족한 사람들끼리 서로 도와주려고 애쓰는 모습에서 사랑을 느끼며, 자신의 존재에 감사를 느끼는 만남! 이 세상에서 내가 꼭 해야 할 일을 발견하고 그 일에 만족하며 감사하는 사람들의 만남은 큰 힘과 위로가 될 것이다.

나는 이러한 아름다운 교회를 꿈꾸며, 이것은 실현 가능한 것이라는 생각에 자꾸 마음이 부풀어 오른다. 주여! 이러한 꿈이 꼭 이뤄지게 하옵소서! 그리고 이 꿈을 이룰 수 있는 큰 믿음을 주소서!

마음을 새롭게

♥   새해를 맞이하면 새로운 기대를 하고 계획을 세우며 희망적인 좋은 생각들을 많이 하게 된다. 우리 인간들은 새것을 너무 좋아하지만 성경은 해 아래 새것이 없다고 말한다. 사실은 우리가 정해놓은 새해이지 실제로 작년과 다른 것은 별로 없다. 같은 해가 떠오르고 또 지기도 한다.

매일 바라보는 같은 하늘이요, 매일 밟는 같은 땅이지만 우리의 마음이 달라질 때 하늘도 땅도 산도 해도 새롭게 보인다. 그런데 산과 땅이 새해가 되어도 변하지 않는 것처럼 우리의 단단한 마음도 잘 변하지 않는다. 새로운 약속을 하고 다짐을 해도 마음이 새로워지는 것이 작심삼일이 되기가 쉽다.

매년 반복되는 새해지만 정말 이번 새해에는 뭔가 달라지기를 우리는 기대하게 된다. 여러 번 실망하기도 하지만 그래도 우리에게 새해가 있다는 것이 얼마나 다행인지 모른다. 만일 이렇게 새로운 계획을 세우고 새로운 기대를 걸 수 있는 '새해'라는 전환점이 없다면 얼마나 지치고 낙심이 될까?

그런데 아무리 새해가 왔어도 마음이 변하여 새로워지지 않으면 새해의 감격을 잃어버리게 된다. 이러한 새로운 감동을 잃어버리지 않기 위하여 매일매일 자신과 부단한 싸움이 계속된다. 우리 안에 있는 딱딱하게 굳은 마음을 제하고 부드러운 새 마음을 갖기 위하여 매 순간 자신을 부인해야 하는 갈등이 있다.

특별한 새해를 맞이하기 위하여 연초에 갖는 교회의 새벽기도회에 많은 성도가 참여하였다. 아직 별이 밝은 이른 시간에 새로운 각오로 새벽을 깨우는 발걸음들이 아름답게 보인다.

갓난아기도 엄마 아빠와 함께 하나님께 나오는 모습이 너무나 귀하다. 배 속에 아기를 잉태한 만삭이 된 임신부의 기도 소리가 생명의 찬가로 들린다. 자녀들을 깨워 온 가족이 맨 앞자리에 앉아 함께 찬양하며 말씀을 경청한다. 그리고 제일 먼저 강단으로 나아가 하나님의 축복기도를 받는 모습이 하늘의 보좌 앞에 나아가는 우리들의 미래를 상상하게 한다. 목사님의 간절한 기도로 복된 새해를 기대하는 원숙한 부부가 함께 무릎을 꿇고 기도하는 모습은 한 폭의 그림처럼 아름답다.

그런데 이러한 감동이 너무 빨리 사라져버리지 않았으면 좋겠다. 새해가 되었다고 인사하며 분주하게 며칠을 지내다 보면 어느새 새해가 지나가 버리는 느낌이다. 그리고 여느 때와 마찬가지로 일상적인 삶으로 돌아간다. 매 순간 마음을 새롭게 하는 지혜를 배우고 싶다. 마음이 새로워지지 않으면 아무리 새해에 많은 각오와 결단을 해도 오래가지 못하기 때문이다.

매일 아침 일어나 새날을 선포하며 하루를 기도로 시작하면 마음을 새롭게 하는 데 도움이 될 것이다. 새로운 날 새로운 생각을 하며 새 희망으로 힘차게 살아갈 수 있도록 힘을 다하며 열심히 사는 새해가 되기를 기대하며…….

마음 가꾸기

♥　　콘크리트 속 편리한 아파트에서 살다가 얼마 전에 흙을 만질 수 있는 작은 주택으로 이사를 했다. 대문 앞에 작은 땅이 있어 예쁜 꽃을 심으려고 모종삽으로 땅을 파기 시작했다. 그런데 아무리 애를 써도 삽이 들어가지를 않았다. 일 년 내내 거의 비가 오지 않는 사막 기후에 흙바닥이 돌같이 단단해진 것이다.

삽이 들어가지 않는 땅을 보며, 이것이 바로 '돌밭'이라는 생각이 들었다. 그래서 바위처럼 굳고 메마른 딱딱한 땅에 며칠을 두고 계속해서 물을 주었다. 처음에는 물이 스며들지도 않고 고이더니 드디어 촉촉한 흙으로 변화되어 원하는 꽃을 심을 수가 있었다.

너무나 많은 사람의 마음이 이렇게 메말라 있으므로 삶의 기쁨이나 활력이 없다는 생각이 들었다. 자신의 삶이 너무 힘들어서 다른 사람들이 와서 쉴 수 있는 그늘을 만들어주는 푸른 나무와 같이 넓고 시원한 마음의 여유를 갖지 못한다. 또한 지나가는 많은 사람이 즐거워하며 기뻐할 수 있는 아름다운 향기를 내는 꽃과 같이 생산적이고 창조적인 삶을 살기에는 너무나 힘겨운 인생이라는 생각이 든다.

그런데 이번에는 흙 속에 건전지 쓰던 것, 사탕 껍질, 쇳조각, 골프공 등 별의별 쓰레기들이 다 들어있는 것이 아닌가! 인간의 마음속에 있는 후회, 원한, 미움, 분한 마음, 세상에 대한 원망, 억울한 생각, 아프고 슬픈 기억들, 오해하고 갈등하며 받았던 상처들 때문에 행복할 수 없는 마음의 밭이 연상되었다. 땅을 파며 그런 것들을 끄집어내면서 예수님께서 인간의 마음을 밭으로 비유하신 이유를 알 것 같았다.

흙 속에 잡동사니들이 숨겨져 있었던 것처럼 사람의 마음에도 쓸데없는 많은 것들이 자리를 차지하고 있으므로 마음이 복잡하고 순전하지 못하다는 생각이 들었다. 많은 사람이 어려운 삶을 살면서 원치 않는 상처들로 마음이 딱딱해지고 너무나 메말라 있다. 그래서 때로는 순수한 친절이나 사랑도 순전하게 받아들이지를 못하고 서로 부딪치며 오해를 하고 상처를 주고받는 악순환이 계속되는 것이다. 그래서 서로 믿지 못하고 움츠리면서 외롭게 살아가는 우리들의 모습을 보게 된다.

그런데 그렇게 딱딱한 땅도 물을 계속하여 주니 부드러운 흙이 되는 것처럼, 아무리 상처가 많아 딱딱해진 마음이라도 하나님의 시원한 말씀과 그분의 풍성한 사랑을 계속해서 부어주면 부드러운 마음이 될 것이다. 버려진 땅도 물을 듬뿍 주면 다시 살아나는 것처럼, 상처로 얼룩지고 아픈 마음이라도 생수 같은 하나님의 살아있는 말씀으로 반드시 회복될 수 있다. 다만 마음의 변화는 시간이 많이 필요하다.

흙 속에서 불필요한 물건들을 솎아내면서 나도 내 마음속에 자리 잡은 불순물들을 다 버리고 좋은 생각을 하여 좋은 밭을 만들어야겠다는 생각을 했다. 좋은 밭에 씨를 뿌리고 모종을 해야 좋은 나무가 자라는 것처럼, 우리도 좋은 인생을 살려면 먼저 내 마음의 밭을 잘 가꾸어야 하리라.

좋은 인생이란 자신만을 위해서 사는 것이 아니라 다른 사람을 행복하게 해주는 삶이다. 좋은 인생이 되기 위해서 하나님의 사랑이 가득 들어있는 성경을 더욱 열심히 읽고 묵상해야겠다는 다짐을 새롭게 하였다.

"내가 그들에게 일치한 마음을 주고 그 속에 새 신을 주며 그 몸에서 굳은 마음을 제하고 부드러운 마음을 주어서……."

(겔 11:19)

따뜻한 인사

♥　행복한 삶을 사는 사람들의 특징 중의 하나는 많은 사람과 좋은 인간관계를 갖는 것이다. 좋은 인간관계를 잘 유지하는 사람이 인생을 성공적으로 살아간다는 내용을 발표한 논문을 읽은 적이 있다.

그중 하나로 인사를 잘하는 사람들이 인간관계도 좋은 것 같다. 대개 성격이 명랑하며 적극적인 사람들이 인사도 잘하고 잘 받는다. 소극적이며 내성적인 사람들은 상대방의 반응에 따라 인사하게 된다. 사람을 만날 때 어떤 표정으로 어떻게 인사하는가에 따라 종종 그 만남의 깊이가 결정되는 것 같다.

비행기 승무원들은 인사하는 법을 엄격하게 배우고 훈련한다고 들었다. 아마 사모 대학에서도 인사하는 훈련을 받아야 하지 않을까 하는 생각이 든다. 모든 사람에게 똑같은 표정으로 똑같은 강도의 사랑으로 평등하게 인사를 해야 하기 때문이다.

예를 들어 오래간만에 만나는 교인이나 교회에 처음 나온 사람으로 보여서 조금 더 친절하게 반색을 하면 그 옆에 있던 오래된 교인이 섭섭해한다는 소리를 듣게 된다. 우리는 가족끼리나 아주 친한 사람들에게는 형식적인 인사를 생략하게 된다. 반면에 특별히 낯설거나 어려운 사람들에게 인사를 더 정중하게 하는 경향이 있다. 그런데 많은 교인들이 언제나 새롭게 처음 만나는 사람처럼 예의를 갖춰서 가장 반가운 사람을 만난 듯이 인사 받기를 기대하는 것이 아닌가 하는 생각이 든다.

사람들의 마음속에는 누구나 사랑받고 존중받고 싶은 욕구가 있다. 때로는 사랑하는 사람의 진실하고 따뜻한 인사를 통하여 그 욕구가 채워지기도 한다. 그런데 어릴 적에 부모로부터 사랑을 충분히 받지 못하고 자란 사람은 특별히 인정받고 싶은 욕구가 강하다. 종종 이런 이들은 성인이 되어도 어릴 적에 받은 상처로 마음이 연약하므로 작은 일에 쉽게 화를 내며 잘 삐친다. 그래서 연약한 교인일수록 더 세심한 관심과 배려를 해야 하는데, 무심하게 지나치게 되면 그들은 또다시 상처를 받게 된다.

때로는 아들 둘을 키우는데도 집에서 이름을 바꿔 부르는 실수를 하는데, 많은 교인을 실망하게 하지 않고 골고루 평등하게 사랑한다는 것이 너무나 어렵다는 생각이 든다. 아무도 상처를 주지 않고 따뜻하게 사랑으로 마음을 녹여주는 인사법을 배워서 모든 교인을 기쁘게 해줄 수 있다면 얼마나 좋을까? 두 아들을 키우면서도 엄마의 한계를 느낄 때가 많은데 하물며 많은 교인을 섬겨야 하는 사모로서의 한계는 말할 것도 없지 않은가?

만일 솔로몬의 꿈에 나타나셔서 "내가 네게 무엇을 줄꼬. 너는 구하라"고 하신 하나님이 나에게도 어느 날 나타나셔서 물으신다면 솔로몬은 지혜를 구했지만 나는 '사랑'을 구하리라. 하나님이 사랑의 능력을 넘치도록 부어주셔서 투정 부리며 불평하는 사람들, 미운 짓만 골라 하는 사람들, 도무지 사랑할 수 없다고 생각되는 사람들까지도 품을 수 있는 넉넉한 사모가 될 수 있었으면 좋겠다.

정성으로 채우는 빈 둥지

♥   여러 날 남편과 함께 다닌 집회 일정으로 조금은 지쳐있는 우리를 친구 목사님이 안내한 가정은 자녀를 다 대학 보내고 두 분이 지내는 조용한 곳이었다. 남편의 이름은 '김정성'! 이름처럼 인생을 정성스럽게 사시는 분이라는 인상을 받았다.

너무 고단하여 인사만 하고 잠자리에 들었다가 며칠간의 피로가 다 풀려버린 산뜻한 기분으로 깨었다. 책을 좋아하는 아내의 분위기는 집안 곳곳에서 발견할 수 있었다. 단발머리의 문학소녀 같은 인상은 목소리에서도 그대로 느낄 수 있었다. 조용한 찻집에 앉아서 둘이 소곤소곤 속삭이며 인생과 철학을 이야기하면 어울릴 것 같은 분위기다. 마음속에 나누어야 할 것이 가득한 것 같은 커다란 눈망울! 반면에 환갑을 맞이하여도 청년처럼 반듯하며 빈틈이 없이 성실해 보이는 남편과, 조용조용히 느긋하게 어린 소녀처럼 꿈을 꾸는 아내의 노년을 맞이하는 어울림이 아름답게 보였다.

정성스럽게 준비한 아침상은 마치 친정어머니가 챙겨주시는 생일상 같았다.

"맑은 미역국, 하얀 쌀밥, 삼색 나물과 오이소박이……. 어떻게 제 생일인지 아셨어요?"

미역국을 보자 갑자기 그런 말을 한 것이다.

"어머나! 오늘이 사모님 생일이세요?"

"제 생일은 내일이지만 오늘 생일잔치해 주신 것으로 알고 감사하게 먹겠습니다."

"사실은 오늘이 저희 결혼 25주년이에요! 그리고 오늘이 5년 전에 남편이 스트로크(stroke)를 당해서 쓰러졌던 날이에요. 그런데 지금 이렇게 건강하게 하나님을 섬기며 살 수 있는 은혜를 받아 너무나 감사하지요! 어젯밤에 둘이서 감격하며 기도했어요. 이렇게 뜻있는 날, 목사님 내외를 우리 집에 보내셔서 섬기게 해 주신 하나님께 감사했어요. 남편이 사렙다 과부가 하나님의 사람 엘리야를 섬긴 것처럼 잘 섬기라고 했어요."

마침 '사랑이 싹트는 사랑방' 모임이 있어 함께 모여 많은 분이 축복하는 노래로 두 사람의 25년의 사랑과 섬김의 삶을 축하했다. 두 분이 손을 잡고 쑥스럽지만 서로 마주 바라보며 그동안 서로 싸우며, 아파하며, 힘든 시절도 있었지만 그런데도 서로 참아주며, 용서하며, 이해하며, 사랑하며 살아준 서로에게 감사하는 '눈빛'은 우리 모두에게 은은한 감동이 되었다.

결혼 초에 남편이 소화제를 자주 먹어 위장이 나쁜 줄 알았더니, 아내가 너무 느리고 답답하여 참아내느라 소화제를 먹을 수밖에 없었던 남편의 심정을 뒤늦게 깨달은 아내의 미안한 고백을 들으며, 부부가 함께 적응하며 살아가는 것이 결코 쉬운 일이 아니라는 것을 함께 공감하였다. 이제 앞으로 더 멋있는 25년을 위하여 빈 둥지를 사랑과 섬김으로 채우려고 다짐하듯 두 분은 새로운 신혼 계획을 꿈꾸는 것 같았다.

그들은 더는 외로운 빈 둥지가 아니라 꿈과 사랑과 정성이 넘치는 따뜻함의 둥우리가 되어, 지나가는 나그네들에게 소망을 주는 귀한 섬김으로 행복을 만들어가는 분들이다. 이렇게 정성스러운 섬김은 빈 둥지를 사랑의 둥지로 변화시키고, 동시에 포근함이 넘치는 노년기를 보내게 하는 것이다.

썰렁한 옷차림

♥ 　저녁때 갑자기 친구의 전화를 받고 남편과 함께 생각 없이 편한 옷차림으로 준비 없이 나섰다. 뮤지컬 표를 보여주면서 함께 가자고 하여 따라나선 것이다. 무대에 가까운 초대석 자리에서 오랜만에 참으로 좋은 시간을 보냈다.

끝나고 여러 사람이 우르르 쏟아져 나오는데, 여기저기서 "어머! 목사님!" 하며 아는 얼굴들이 반가운 악수를 청하며 인사했다. 그런데 모두 정장의 멋있는 옷차림이어서 남방 차림의 남편을 보며 갑자기 초라하게 느껴진 나는 빨리 피하고 싶어졌다. "때에 맞는 말이 얼마나 아름다운가!"라고 했는데, 정말 '때에 맞는 옷차림'이 얼마나 필요한지를 절실히 느꼈다.

성경에는 잔치에 초대받은 많은 사람이 예복을 입지 못하여 그 잔치에 참석하지 못하고 바깥에서 슬퍼하는 이야기가 있다. 천국에 갔을 때 예수 그리스도의 '의의 옷'을 입지 못하면 입장할 수 없다는 비유의 말씀이다.

몇 년 전에 정장을 하지 않아 어느 레스토랑에 들어가지 못한 경험이 생각난다. 넥타이를 빌려서 엉거주춤하게 매고 억지로 들어가는 사람들도 있었다. 다행히 우리는 음악회장 입구에서 쫓겨나는 불행은 없었지만, 주위 분위기와 맞지 않는 옷차림으로 정말 쑥스럽고 미안한 마음이 들었다. 편안한 것이 좋은 것만은 아니라는 것을 절실하게 느끼며, 게으름과 부주의하여 불편했던 마음을 후회하였다.

　다음 날 남편이 별로 중요한 자리도 아닌데 넥타이를 매고 정장을 하고 나서는 모습을 보면서 '옷이 날개'라는 말이 실감이 났다.

　사람들은 이렇게 외모를 보고 판단하지만, 하나님은 중심을 보시기 때문에 다행이다. 사람들은 외모를 꾸미고 가꾸고 하느라 많은 수고를 하는데 속사람의 치장은 너무나 무관심하고 게을러서 잡초가 무성한 잔디처럼 제멋대로 내버려 두는 것 같다. 그래서 마음속에 있는 더러운 생각들이 거친 말로 튀어나와 사람들을 실망시킨다. 많은 사람들이 외모를 보기 때문에 겉사람의 옷차림에 관심을 두는 것도 중요하지만, 더 중요한 것은 속사람의 옷차림이다.

　오늘 어떤 옷으로 내 마음을 꾸미고 있는지 생각하게 된다. 분주함과 조급함으로 대강 대강 씻고 화장도 엉터리로 하여 지저분하지는 않은지? 먼저 더러운 생각들을 좋은 비누로 팍팍 씻어버리고 깨끗한 생각을 가져야 좋은 마음이 생길 것이다.

　아이들도 정장하면 행동이 얌전해지고 점잖아지는데 반바지에 편한 옷을 입으면 마음대로 행동하기 때문에 장난이 심해지는 것은 너무나 당연하다. 나의 편함이 다른 사람에게 실례가 되지 않기 위해 신경을 쓰며 살아가는 지혜를 배워야겠다.

좋은 추억 만들기

♥   거의 25년 만에 옛 후배를 만났다. 정말 오랜만의 만남이다. 서로 하나도 변하지 않았다고 강조하면서 세월의 흐름을 망각하고, 대학 시절 만남의 기분을 되살리며 수다의 꽃이 만발하였다.

해도 해도 끝이 없는 그 많은 얘기를 어떻게 해야 좋을지 몰라 시간 가는 것이 아까웠다. 대학 시절의 즐겁고 재미있는 추억들을 들춰내며 다시 돌아갈 수 없는 시간을 아쉬워하며 나이가 들어가는 것을 실감하는 시간이었다. 벌써 우리들의 자녀가 대학생이라는 사실을 깨달으며, 지나간 이야기를 하며 즐거워하는 우리의 모습을 보면서 어쩔 수 없는 세월의 빠름을 느끼게 된다.

지나간 옛날 이야기를 많이 하는 사람은 늙어가는 징조라고 하지 않던가! 그래도 좋다. 너무나 재미있는 추억들을 나누며 앞으로 20년 후에도 또 이런 재미있는 이야기를 나누기 위하여 지금부터 좋은 추억을 만들어야겠다는 생각을 하게 된다. 그때에는 정말 노년의 즐거움을 누리기 위해서라도 아름다운 삶으로 추억거리를 만들어야 할 것이다. 어디서 어떻게 어떤 사람을 만나게 될지 모르는데 좋은 인간관계를 이루어가는 것보다 더 좋은 노후 준비는 없을 것이다.

인생은 인간관계라는 생각이 든다. 만일 너무나 힘들고 불편한 인간관계 가운데 인생을 살아간다면 얼마나 후회를 하게 될까?

생각만 해도 쓸쓸하고 외롭고 삭막한 노후가 될 것이다. 그때에는 이미 후회해도 소용이 없으며 너무 늦을 것이다. 인생이 긴 것 같지만 지나고 보면 너무나 짧다는 사실을 인생의 선배들을 통해서 배우지만, 자신이 겪기 전에는 결코 깨닫지 못하는 것이기도 하다.

"힘이 있을 때 조심하세요"라는 말을 실감하는 시대에 사는 것 같다. 경제적인 여유가 있을 때, 자신이 멋이 있다고 생각할 때, 높은 자리에 앉아있다고 생각할 때, 소위 힘이 있다고 생각할 때가 가장 그 사람의 참모습을 볼 수 있을 때인지도 모르기 때문이다. 그러나 그 힘이 항상 있지 않으며 영원하지 않다는 것을 너무나 늦게 깨닫는 것이 안타까운 일이다. 세상은 빠르게 변하며 세월은 어김없이 흘러간다.

사람들은 누구나 이 세상에서 많은 사람을 만나며 즐거움과 기쁨과 아픔과 슬픔과 어려움과 황당함을 느끼며 살아간다. 어떤 이들은 불편함과 어색함 때문에 만나는 것이 부담스럽다. 반면에 어떤 이들은 만나고 싶고 함께 있으면 시간 가는 줄 모르게 즐거워진다. 소위 말이 통하고 마음이 맞는 사람들이다.

서로 좋아하는 사람들과 만나서 좋은 추억을 나누는 기쁨은 삶의 활력소가 될 것이다. 노후가 되면 자식들만 의지하고 살기보다는 오히려 마음 맞는 믿음의 형제 자매나 선후배와 친구들끼리 만나 함께 사는 것도 멋질 것이라는 생각을 해본다. 그러기 위해서 지금부터 더 자랑스럽고 아름다운 추억을 만들어가자!

쩔쩔매는 사랑

♥   아들만 키워서인지 딸의 아기자기하고 귀여운 모습을 보면 그냥 지나가지 못한다. 아이들을 키우며 힘들어하던 시절이 지난 지 얼마 되지 않은 것 같은데 벌써 다 잊어버리고, 아기들만 보면 너무나 이쁘다. 특히 예쁜 짓을 하는 여자애들을 보면 만져 주고 아는 척을 하게 된다.

교회에서 젊은 부부의 딸인 애니를 사귀기 위하여 얼마나 공을 들이는지 모른다. 주일이면 애니를 기다리며 애니에게 잘 보이려고 사탕이며 초콜릿을 주면서 아이의 마음을 사려고 궁리를 많이 한다. 그래서 애니에게는 '캔디 사모님'으로 기억된다. 그런데 캔디나 과자를 줄 때만 아는 척을 하고 놀아주고 용건이 끝나면 쌀쌀맞게 가버린다. 다른 사람들이 부르며 오라고 하면 미련 없이 가버리기 때문에, 애니와 함께 있으려면 그 아이의 관심을 끌기 위하여 끊임없이 머리를 써야 한다.

너무나 귀엽고 사랑스러워 재롱떠는 모습을 보면 즐겁고 흐뭇한 마음이다. 내가 그 아이를 부를 때 나를 기억하고 나를 반겨주면 그렇게 기분이 좋을 수가 없다. 그런데 불러도 오지 않고 모르는 척하면 너무나 섭섭하여 따라다니면서 쩔쩔매며 아이에게 환심을 사려고 애를 쓴다.

애니를 보면서 나는 하나님께서 우리의 사랑을 구하기 위하여 얼마나 많은 수고를 아끼지 않으시는가 하는 생각이 들었다. 하나님의 사랑을 구하는 자신의 모습만 생각했지 하나님께서 우리의 사랑을 기다리신다는 것을 생각하지 못하였다는 마음을 갖게 되었다.

사람들을 사랑하는 것이 하나님의 본성이다. 그래서 사람들을 사랑하기 위하여 못 할 일이 없으신 분이다. 우리를 사랑한다는 사실을 깨닫게 하려고 증거로 자기의 아들을 죽게까지 하셨다.

우리가 이 귀한 사실을 깨닫고 우리도 하나님을 사랑하기를 기다리시는데 도무지 사람들이 하나님 사랑하는 데 너무나 게으르다는 생각이 든다. 마치 애니가 사탕을 주면 나에게 잠깐 아는 척을 하고 돌아서는 것처럼. 내 기도를 들어주시고 내가 원하는 대로 하나님이 따라오시면 신이 나고, 만일 하나님이 내 말을 들어주시는 것 같지 않으면 제멋대로 사는 나의 유치한 모습이 연상된다. 하나님이 얼마나 외로우시며 쓸쓸하실까?

많은 사람이 하나님을 필요로 하지만 그분 자체를 즐거워하며 좋아하며 사랑하는 데는 인색한 것 같다. 하나님이 갖고 계신 부와 능력과 힘을 구하는 데는 얼마나 바쁜지 모른다. 비록 사탕이나 과자를 주지 않으셔도 그분 자체를 좋아할 수 있는 그런 순수한 사랑과 믿음의 성숙한 자녀가 되었으면 좋겠다. 그냥 그분과 함께 있으며 그분을 바라보며 즐거워하는 것으로 기쁨이 되고 삶이 되기를 바라며 하나님의 마음을 즐겁게 해드리는 자녀가 되어야겠다.

다 그래요?

♥　　나는 한때 발을 다쳐 절뚝거리며 다닌 적이 있었다. 처음에는 불편함을 많이 느꼈지만 한두 달이 지난 후에는 익숙해져서 그런대로 잘 적응하게 되었다. 우리 집 변기가 고장이 나서 두 번 이상 눌러야 작동이 된다. 그런데 그런 불편함에 익숙해지다 보니 별로 불편함이 없이 사용하게 된다. 사람이 익숙해진다는 것은 변화를 원치 않는 게으름과, 성숙과 발전이 없다는 뜻이기도 하다.

"교회는 다 그래요! 문제 없는 교회가 어디 있어요?" 마치 비정상이 정상인 것처럼 큰 착각 속에서 살아가는 것을 보며 안타까운 마음이 들었다. 완전하지 못하고 부족한 사람들이 살아가는 공동체인 가정이나 교회나 사회가 문제가 있는 것은 너무나 당연한 일이다. 그러나 그러한 문제를 의식하면서 변화하려는 노력이 있을 때 사람은 성숙해가며 발전해가는 기쁨을 누릴 수 있는 것이 아니겠는가?

정말 멋진 변화를 하려면 우선 말부터 변해야 한다. 요사이 많은 전화를 받으며 많은 말을 듣게 된다. 어떤 사람의 전화를 받고 나면 나도 모르게 분이 나고 짜증이 나는 경우가 있다. 이 더운 날씨에 시원한 인사는 못 할망정 쓸데없는 말로 사람을 화나게 할까? 다시는 그런 사람의 전화는 받고 싶지 않은 심정이다.

"난 절대로 거짓말 안 해요!" 이것보다 더 큰 거짓말은 없을 것이다. 사람들의 95%가 거짓말을 하면서 살아가고 있다는 통계를 본 적이 있다. 사람들은 자기가 하고 싶은 대로 말을 하는 경향이 있다. 사실이 중요한 것이 아니라 자기 생각대로 말을 하여 헛된 말들을 만들어내는 무책임한 사람들 때문에 공해가 심해져 더 더운 것만 같다.

이왕이면 선한 말, 좋은 말, 기쁜 말, 덕이 되는 말을 전한다면, 전하는 자의 마음도 기쁘고 듣는 자의 마음도 기쁨이 될 수 있을 텐데……. 그래서 어떤 사람의 전화를 받고 나면 기분이 좋고 콧노래가 나며 신이 날 때가 있다.

성경에는 "지혜로운 자와 동행하면 지혜를 얻고 미련한 자와 동행하면 해를 받는다"라는 말씀이 있다. 남에게 해를 끼치는 미련한 자가 되지 않고, 지혜로운 자가 되기 위하여 무엇보다도 입을 조심해야겠다. 나와 함께 있는 가족이나 친구들이 편안한 마음을 가질 수 있도록 '톡 쏘는 말이나 거친 말, 비난하는 말, 빈정거리는 말, 조롱하는 말……'을 쓰레기통에 확실하게 버리고 다시는 줍지 말아야겠다.

이제는 나를 사랑하는 분들에게 더욱 사랑의 선물로 그들의 마음을 기쁘게 하며 삶의 의미와 용기를 줄 수 있는 말을 찾기 위하여 좋은 책들을 열심히 보리라! 그래서 매일매일, 순간순간마다 행복을 창조하는 삶을 살리라!

마음을 시원케 한 편지 한 통

사랑하는 박광철 목사님, 이상은 사모님!

…언제나 상황의 변화에 상관없이 두 분은 항상 저와 제 아내에게 변함없는 사랑과 투명함으로 대해주셨습니다. 잘되면 교만하고 못되면 비굴해지는 사람들로 가득한 세상에서 두 분은 변하지 않는 상록수와 같은 신선함으로 제 맘을 상쾌하게 해주십니다. 겉으로는 아주 자유로워졌다고 아무렇지도 않은 듯 말씀하시지만, 목사님의 마음속에 흐르는 은근한 슬픔과 아직 채 정리되지 않은 아픔들이 제게 느껴져 와 가슴이 아팠습니다……. 아무런 자기 변명이나 방어를 하지 않으시고 묵묵히 미련 없이 큰 자리를 놓아버리신 목사님의 결단을 정말 존경합니다.

교포 교회에서 자리를 놓지 않으려는 지도자와 그를 견제하려는 사람들의 알력을 신물이 나도록 보아왔습니다. 목사도, 교회도 그 와중에 격을 잃어버린 지가 오래되었는데, 역시 목사님은 소년처럼 소탈하신 분이셨습니다. 하나님의 종들이 인간의 자리에 연연하지 않고, 자기 방어에 집착해서 하나님의 이름을 땅에 떨어뜨리지 않는다면 이 부패한 세상도 조금씩 충격을 받기 시작할 것입니다. 목사님은 너무 소년같이 투명한 인격에 권모술수를 못 쓰시는 창조적인 분이십니다.

저는 목사님이 특히 이 시대에 교회를 떠난 많은 구도자 젊은이들에게 창조적으로 복음을 전하는 데 큰 역할을 감당하실 것을 굳게 믿고 있습니다. 사모님 또한, 대를 쪼개듯 분명한 언어와 문제의 포인트를 뚫어 보는 예리한 통찰력, 썰렁하지 않은 신선한 유머 감각이 너무 시대를 초월해서 아직 제대로 인정받지 못해서 그렇지 언젠가는 멋있게 팍팍 쓰일 날이 올 것입니다. (그래도 젊은 세대 목사 하나가 이렇게 목사님 내외분의 확실한 팬이 되어있다는 게 든든하지 않으십니까? 하하!)

제가 무슨 힘이라도 있다면 물신(?)양면으로 어떻게 팍팍 도와드리고 싶은데 현재 가진 건 꿈밖에 없는 몸이라, 그저 따끈한 기도나 항상 해드리고, 외갑울트불(외롭고, 갑갑하고, 울적하고, 트릿하고, 불만끼가 좀 있는 것)하실 때 전화로 격려의 말동무나 되어드리고자 합니다. 지금은 어두운 밤을 걸어가시지만, 곧 매서운 겨울의 고통을 뚫고 피어나는 봄꽃처럼 두 분은 불사조와 같이 일어나 비상하실 것입니다. 제가 정말 힘들고 어려웠을 때, 두 분은 세대와 지위를 초월해서 저를 사랑해주셨습니다. 저와 같이 은혜를 베푸신 사람들이 어디 한둘이겠습니까? 이 국제화 시대에 한국과 미국과 세계 각지에 수두룩할 것입니다. 그들의 사랑과 기도가 있는 한 두 분은 외롭지 않을 것입니다.

언제나 변함없는 목사님 내외의
팬이며, 후배이며, 동역자인 John 드림

♥   이것은 예전에 미국 동부에서 만난 젊은 후배 목사가 보낸 편지이다. 숨겨진 아픔을 살며시 만져주며 위로해주는 따뜻한 사랑의 편지에 가슴이 뭉클해지며 눈물이 대책 없이 흘렀다. 그리고 다시 한번 하나님의 영원한 사랑의 편지인 성경을 읽으며 감동하여 울 수 있는 사랑받는 자의 기쁨을 되찾는 기회가 되었다.

"박 목사님 어디 계세요?"

"저도 잘 모릅니다."

"아시면서 안 가르쳐주시는 것 같아요! 정말 목사님 좀 만나게 해주세요."

"권사님! 정말 저도 목사님 소식을 몰라요. 알면 왜 안 가르쳐드 리겠어요. 죄송합니다."

"멀리서라도 목사님의 모습을 한 번만 보게 해주세요."

♥ 　남편이 갑자기 교회를 사임하고 떠난 직후에 나눈 이 대화를 전해 들은 후 너무나 가슴이 찡하며 어떻게 이런 황송한 사랑을 받을 수 있을까 하는 생각이 들었다. 이것은 부부가 서로를 그리워하는 애틋한 사랑도 아니고, 아이들이 부모를 찾는 사랑도 아닌 특별한 사랑인 것 같다. 그런 특별한 사랑을 받는 목사님은 그 권사님이 누구인지도 모르는데……. 아마도 하나님의 말씀으로 변화받아 하나님의 사랑을 아는 분일 것이다. 그래서 하나님의 말씀 능력을 알기 때문에 그 귀한 하나님의 말씀을 전하는 목사님을 사랑하는 마음일 것이다. 하나님의 말씀을 전하는 목사님들만이 받을 수 있고 누릴 수 있는 특별한 사랑이다.

　말씀 전하는 목사님을 이토록 사모하며 사랑하는 이야기를 들으면서 나는 정말 말씀 자체이신 하나님을 얼마나 사모하며 사랑하고 있나 하는 반성을 하게 된다. 멀리서 모습만 보아도 좋겠다는 그 권사님의 애절한 마음처럼 하나님을 찾는 내 마음이 간절하지 못한 것을 보며 하나님께 죄송한 마음이 들었다. "누구든지 내게 들으며 날마다 내 문 곁에서 기다리며 문설주 옆에서 기다리는 자는 복이 있나니 대저 나를 얻는 자는 생명을 얻고 여호와께 은총을 얻을 것이니라."(잠 8:34)

　　주님을 사랑하기 때문에 보고 싶어 간절하게 기다리기보다는 오히려 주님이 나를 기다리다가 지쳐서 힘없이 돌아서는 모습이 그려진다. 당신의 사랑을 기다리다 찾지 않는 사랑에 실망하고 돌아서는 주님의 마음이 얼마나 섭섭하셨을까? 내가 주님을 애틋하고 간절하게 찾으며 기다려도 시원치 않은데, 오히려 주님을 기다리게 하다가 지쳐서 돌아서게 하는 게으르며 무심한 사랑을 하고 있지는 않은지 하는 경각심이 생긴다.

　　아무리 자식이 부모님을 사랑한다고 해도 부모가 자식을 사랑하는 것만큼 따라갈 수가 없다고 하는 것처럼, 내가 하나님을 사랑한다고 아무리 큰소리쳐도 하나님이 나를 사랑하는 것을 어찌다 깨달을 수 있을까? 조금씩 그분의 사랑을 발견하고 깨달아가는 기쁨을 누리는 것보다 더 행복한 삶이 없을 것이다. 오늘부터라도 사랑하는 주님을 만나기 위하여 새벽을 깨우며 주님을 찾으러 동산으로 나가리라.

사랑하는 기쁨

♥　만일 사랑을 받든지 사랑을 하든지 하나만 선택하라면 어떤 것을 선택하겠느냐는 질문을 받았다. 사랑받는 기쁨도 좋지만 역시 사랑하는 기쁨이 더 놀랍다는 생각이 든다.

버클리에 있는 큰아들이 자기 방 룸메이트가 매주 여자친구를 만나러 LA에 온다며, 자기 친구가 요사이 제정신이 아니라고, 청소도 안 한다고 불평을 하는데 약간은 부러운 듯한 여운을 느꼈다. 그렇게 열정적이며 정신을 잃을 정도로 누군가를 사랑하는 힘에 빠져있다는 것에 놀라게 된다.

사랑은 자발적이다. 여자친구를 사랑하려면 매주 7~8시간 걸리는 여행을 해야 한다고 하면 아마 많은 게으른 남자들이 물러서고 포기할 것이다. 그런데 사랑에 빠지게 되면 그것이 가능하니 역시 사랑은 놀라운 힘이 있다. 그런 신비한 힘에 빠져본 사람이 아니면 말로는 이해할 수 없는 경험일 것이다.

"사랑하면 예뻐진다"는 노래도 있지만, 사랑을 하면 사람이 달라진다. 멋있게 변화되는 것을 보게 된다. 사랑을 하면 말투도 자세도 행동도 걸음걸이도 표정도 모든 것이 신사다워지는 모습을 보게 되기 때문에 숨길 수가 없다. 사랑을 하면 사람다워진다는 뜻은 아닐까?

그분은 "내가 너희를 사랑한 것같이 너희도 서로 사랑하라"라고 말씀하시고 본을 보여주셨지만, 아직도 우리가 순종하지 못하는 것은 너무나 미숙하기 때문일 것이다. 사랑을 받으려고만 하고 사랑 안 해준다고 투정만 서로 하니, 아무도 사랑하지 못하고 서로 상처만 받게 된다.

"우리가 사랑함은 그가 먼저 우리를 사랑하셨음이라." 그분의 사랑을 받았기 때문에 그래도 사랑이 무엇인지를 알게 된 것은 놀라운 기적이다. 그분의 사랑은 우리가 헤아릴 수도 없고, 이해가 되지 않는 희생적인 사랑이기 때문에, 감당하기가 어렵고 더구나 실천하기는 더욱 불가능하다.

> "사랑하는 자들아, 우리가 서로 사랑하자. 사랑은 하나님께 속한 것이니 사랑하는 자마다 하나님께로 나서 하나님을 알고 사랑하지 아니하는 자는 하나님을 알지 못하나니 이는 하나님은 사랑이심이라."
>
> (요일 4:7-8)

아마도 우리는 너무나 세상에 속하였기 때문에 사랑을 못 하게 된 것 같다. 사랑은 하나님께 속한 것이기 때문에 하나님을 알게 되면 사랑을 알게 되고 사랑을 할 수 있는 비결을 깨닫게 되는 기적이 내 안에 일어나는 것을 경험하게 되니 너무나 신기한 체험이다.

이 세상에서 '사랑'이라는 단어를 빼버린다면 얼마나 삭막한 세상이 될까? 생각만 해도 소름 끼치는 상상이다. "하나님께로서 난 자마다 세상을 이기느니라. 세상을 이긴 이김은 이것이니 우리의 믿음이니라."(요일 5:4) 이 세상을 이기는 비결은 그분의 '사랑의 힘'이다. 그분의 사랑을 경험한 사람은 변하게 되어있다.

사랑은 사람의 영혼을 살리며, 억울함도 분노도 미움도 원망도 아픔도 사라지게 하는 신기한 약효가 있다. 사랑은 사람을 살릴 뿐 아니라 용서도 하게 하고, 연약한 사람을 돕는 마음도 주고, 미숙한 사람을 용납하게 하며, 무엇보다도 어려움을 극복하게 하는 힘을 주고, 하나님의 성품을 닮아 인간을 인간다운 성숙한 사람이 되게 한다.

아무쪼록 사랑하며 섬기는 기쁨으로 승리하며 살리라! 상처는 시간이 지나면 사라지지만, 사랑은 영원히 사라지지 않기 때문이다.

작은 자의 기쁨

♥　　캘리포니아 하면 제일 먼저 화창한 날씨를 연상하게 된다. 항상 푸른 하늘과 쨍쨍 내리쬐는 뜨거운 태양이 생각나는데, 요사이 비바람이 몰아치는 겨울을 지내며 오랜만에 스산함을 맛보게 된다.

캘리포니아에는 사계절 꽃이 피는 나무도 있지만, 가을이 되면 잎이 떨어져 앙상한 가지로 겨울을 보내는 나무들도 있다. 비바람을 맞으며 서있는 나무들을 창밖으로 내다보니 어느새 겨우내 앙상하던 나무들에 연한 새순들이 돋아나고 있는 것이 아닌가!

밤새도록 불던 비바람 속에서도 떨어지지 않고 의연하게 서있는 푸른 생명의 싹을 보면서 어떤 신비한 힘을 느끼며 소망이 생기는 것 같았다. 어떤 행위의 기쁨이 아닌 존재의 기쁨이랄까?

이 세상은 많이 가진 자, 권세가 있는 자, 남보다 뭔가 더 잘난 자, 더 많이 알려지고 유명한 자에게 힘을 실어주고 인정해주게 된다. 그래서 상대적으로 덜 가진 자, 힘이 없다고 생각하는 사람들, 자신이 남보다 잘나지 못하다고 생각하는 사람들, 세상에서 인정받지 못한다고 생각하는 사람들에게는 위축된 삶, 왜소한 삶처럼 느끼게 하는 경우가 많은 것 같다. 사람들은 모든 것을 눈으로 보는 것으로 판단하지만, 사실은 우리 눈으로 볼 수 없는 것 가운데 귀한 것들이 얼마나 많은지를 깨닫게 된다면, 우리의 판단이 얼마나 근시적이며 잘못될 수 있는지를 알게 될 것이다.

"나 가진 재물 없으나, 나 남이 가진 지식 없으나, 나 남에게 있는 건강 있지 않으나, 나 남이 없는 것 있으니. 나 남이 못 본 것을 보았고, 나 남이 듣지 못한 음성 들었고, 나 남이 받지 못한 사랑 받았고, 나 남이 모르는 것 깨달았네."

시인 송명희의 노래가 생각난다. 그 자매는 심한 뇌성마비 장애에 좌절하지 않고, 단순하고도 순전한 믿음으로 아름다운 노래를 쓰고, 수많은 사람에게 삶의 전혀 다른 행복과 소망을 보게 한 것이다.

깊은 숲속에서 가장 아름다운 소리는 코끼리나 사자의 소리가 아니라, 가냘프지만 멀리 들리는 작은 새들의 소리이다. 실제로 사람의 마음을 가장 깊이 움직이는 것은 큰 북 소리가 아니라 작은 피리 소리라는 것을 생각할 때에, 우리의 삶 속에서도 많고, 크고, 강하고, 높은 것들만 추구할 것이 아니라, 소리 없이 두꺼운 겨울나무의 껍질을 뚫고 솟아나는 작고 푸른 새순 같은 힘의 의미를 느껴봐야겠다.

목소리는 작고, 힘은 없지만, 자신의 존재를 있는 그대로 인정하며 주신 재능으로 힘을 다하여 열심히 일하는 '작은 사람들'의 생명의 성실한 수고 때문에 이 세상은 삶의 기쁨을 누리게 되는 것 같다.

빼앗길 수 없는 선물

♥　　사랑하는 사람에게 선물을 받는 기쁨은 무엇과도 비교할 수 없이 신나는 일이다. 어려서부터 부모님의 생일이나 크리스마스 때에 선물을 드리기 위하여 일 년 내내 작은 용돈이나 친척들이 선물로 주시는 돈을 모아 부모님의 선물을 사러 다니며, 그 선물을 받았을 때의 기뻐하시는 모습을 떠올리던 일들이 새록새록하다. 선물을 받는 기쁨도 좋지만, 선물을 드리는 기쁨은 더욱 신난다. 다음번에는 어떤 선물을 드려서 사랑하는 사람들을 더 기쁘게 해드릴까 하는 즐거운 고민을 하며 재미있게 어린 시절을 보냈다.

그래서인지 지금도 누구든지 만나면 작은 선물이라도 주는 것이 나의 습관이 되어, 주는 기쁨을 누리며 산다. 성경에 "주는 자가 받는 자보다 복이 있다"는 말이 주는 자의 기쁨과 행복을 의미하는 것 같다.

원래 선물은 사랑하기 때문에 아무 조건 없이 일방적으로, 혹은 실망한 사람에게 위로를 주기 위하여, 때로는 실수했을 때 미안한 마음의 표시로, 또는 칭찬이나 격려의 표시로 준다. 선물을 받은 사람은 선물 그 자체보다 선물을 준 이의 마음을 감사함으로 받는 것이 당연한 예의일 것이다. 선물을 받고는 자기 기대에 못 미친다고 해서 섭섭해하거나 투정을 부리는 어린 아기들도 있지만, 선물을 받고도 감사할 줄 모르는 사람은 선물을 받을 자격이 없는 것이다.

종종 자녀들이 아버지가 출장 갔다 오면 선물을 기대한다. 그래서 아버지가 도착하면 제일 먼저 달려 나가서 반기며 아버지보다는 선물에 더 관심을 갖는 것 같다. 그런 자녀들을 보면서 귀엽기도 하지만 아쉬움을 느낄 때가 있다. 종종 많은 사람이 선물을 주시는 분(Giver)보다는 선물(Gift)에 더 마음이 끌리곤 한다.

때로는 두 아들이 선물을 가지고 서로 바꾸기도 하며 주었다 빼앗았다 하는 일도 있다. 그래서 무얼 주었다가 빼앗으면 우리말에 "눈에 다래끼가 난다"는 경고가 있다. 언젠가 무슨 선물을 받았다가 얼마 후에 그 사람이 다시 돌려달라고 하여 당황한 적이 있다. 그 선물은 분명히 사랑이나 감사의 진정한 선물이 아니었으므로 돌려주는 것이 오히려 다행이라는 생각이 들었다.

세상이 주는 선물은 가끔 도로 반납하는 때도 있지만, 하나님이 주신 선물은 결코 반납을 요구하지 않으신다. 만일 하나님이 주신 선물을 도로 내놓으라고 하신다면, 우리는 영원히 진정한 구원의 기쁨을 누리지 못할 것이다. 결코, 다시 빼앗지 않으시는 하나님 은혜의 선물을 생각하니, 잠깐이지만 잃었던 기쁨을 되찾으며 새로운 교훈을 배우게 된다. 항상 좋은 것을 넘치게 선물로 주시는 하나님을 어찌 사랑하지 않을 수 있을까?

엄마의 실수

♥　　찜질방이 따로 없다. 한국에서 삼복더위를 지낸 경험이
생각나는 무더운 여름이다. 아파트에 있는 풀에서 수영하는 아들
을 보러 가기 위해 열쇠를 들고 밖으로 나갔다. 해가 지니 바람이
조금씩 불어 다행이었다.

배고프다는 아들에게 간식을 주기 위해 집 안으로 들어가려고
열쇠로 문을 여는데, 이게 웬일인가? 분명히 맞는 열쇠 같은데 열
리지 않으니 큰일 났다. "앗! 나의 실수! 열쇠를 잘못 가지고 나왔
구나!" 아들이 달려와 아무리 돌려봐도 문이 열리지 않아 결국은
열쇠 전문가의 도움을 구하며 한 시간 이상 밖에서 기다리는 수
밖에 없었다. 젖은 수영복 차림에 배고픈 아들이 문 앞에 앉아있
는 모습을 보며 얼마나 미안하고 안쓰럽던지!

엄마의 실수에 대해 원망하거나 야단하지 않고 가만히 앉아
기다리는 아들을 보며 내 모습을 뒤돌아보고 반성하는 계기가 되
었다. 아마도 아들이 실수하였으면 분명히 잔소리를 하였을 것이
다. "아니, 그렇게 덤벙거리면 어떻게 하니? 너의 작은 실수가 다
른 사람들에게 얼마나 큰 불편을 주는지 아니?" 그 잔소리와 설
교와 훈계를 들으면서 얼마나 짜증이 나고 자존심이 상했을까?
그때 만일 아들아이가 엄마의 실수를 보고 "아니, 엄마는 그렇게
정신이 없으세요? 열쇠 하나도 제대로 볼 줄 모르세요? 엄마 때
문에 이게 뭐예요? 집에 가만히 계시지 왜 나오셔서 이런 일을 저
지르세요!"라고 했다면 어떠했겠는가?

엄마의 실수에 대하여 관대한 아들이 고맙고 대견스러웠다. 엄마보다 아빠의 성품을 닮은 것이 얼마나 다행이며 감사한지 모르겠다. 완벽주의며 곧잘 잔소리를 해대는 엄마 성격 때문에 아이들이 얼마나 짜증이 나고 피곤했을까? 자녀들을 바르게 키워야 한다는 생각 때문에 자녀들을 힘들게 한 엄마를 이제는 이해하면서 돌보아 주는 아들이 너무나 자랑스러웠다.

그런데 너무 덥다고 불평을 하며 짜증이 나던 그 집이 왜 그렇게도 멋있어 보이고 들어가고 싶었을까? 조그만 열쇠 하나의 위력을 실감하는 순간이었다. 갑자기 두 모자(母子)가 초라하게 보이며 열쇠를 갖고 당당하게 지나가는 옆집 사람들이 그렇게 부러울 수가 없었다. 갑자기 집 안에 있는 모든 것들이 너무나 소중하게 느껴졌다. 냉장고에 있는 시원한 음료수, 맛있는 음식들, 읽어야 할 많은 책, 현관 앞에 흩어져있는 신발들……. 집 안에서 늘 사용하던 많은 물건이 갑자기 귀하게 여겨지는 것이다. 집에 있을 때는 몰랐는데 들어갈 수 없으니, 밖에 있으면 얼마나 외롭고 불쌍한 처지인가를 실감한 것이다.

그러다 문득 어느 날 꼭 들어가야 할 '그 문'이 생각났다. 인생의 마지막을 맞이하여 '하나님의 집'에 갔을 때, 열쇠가 없어서 들어갈 수 없다면, 영원히 밖에서 슬피 울며 이를 간다는 성경 말씀이 떠올랐다. 그러나 우리는 생명과 사랑과 행복의 열쇠를 갖고 계신 예수 그리스도 때문에 '행복한 그 집'에 언제든지 들어갈 수 있다. 그 사랑을 매일 확인하며 그분과 함께 살아가는 이 기쁨보다 더 소중한 것이 어디 있을까?

보이지 않는 충격

♥ 주일 오후 예배를 마치고 서울에서 오신 손님을 만나러 가느라 고등학교에 다니는 작은아들에게 차를 맡기고 즐거운 저녁식사를 하고 돌아오는 길이었다. 잘 도착하여 집에서 쉬고 있을 아들에게 전화하려고 수화기를 들자마자 신호가 울렸다.

깜짝 놀라 전화를 받으니 아들에게 교통사고가 났다는 것이었다. 교회 집사 한 분이 우리를 찾느라고 사방에 전화하다가 마침 연결이 된 것이다. 다행히 다치지 않고 차만 망가졌다는 소식을 듣고 감사한 마음이 들었다.

그런데 하나님께 감사하면서 한편으로 아들에게 화가 나기 시작했다. 부주의하여 사고 난 것은 어쩔 수 없지만, 예배 끝나고 집으로 일찍 돌아가지 않고 친구네 갔다가 늦게 돌아갔다는 사실 때문이었다. 부모에게 순종하지 않는 자녀를 혼내야겠다는 생각이 들면서도 감정을 절제하려고 혼자 애를 쓰며 집에 도착하였다.

그동안 당황하는 아이를 보호하고 있던 집사님이 아들을 집으로 데려다주었다. 아들은 우리를 보고 방으로 들어가더니 막 울기 시작했다. "엄마, 너무 무서웠어! 다시는 운전하지 않을 거야! 죽는 줄 알았어." 엉엉 울면서 "엄마! 우리는 돈도 없는데 차가 다 망가져서 어떻게 해요?" 하면서 흐느껴 우는 모습을 보니 너무나 가여웠다.

16살이면서도 아빠보다 더 큰 덩치로 어른처럼 굴던 의젓한 아들이 사고를 당하고는 너무나 연약한 어린애와 같은 모습이 되었다. 가엾은 아들에게 진정제 한 알을 먹이고 팔베개를 해서 잠을 재우며 다시 한번 믿음 가운데 살게 해주신 것을 감사하였다.

만일 믿음이 없는 나였다면 아마도 아들에게 돌이킬 수 없는 큰 실수를 했을 것이라는 생각이 들었다. 보나 마나 아들을 보자마자 잔소리부터 하면서 아이를 책망하고 씻을 수 없는 아픈 말로 상처를 주었을 것이다. "아니, 엄마가 말한 대로 곧장 집으로 오지 않으니까 사고를 당하잖아! 왜 그렇게 너는 엄마 말을 안 듣니? 아이고, 속상해 죽겠다! 정말! 폐차해야 할 판이니 이제부터 어떻게 하니……?" 생각만 해도 소름이 끼치는 일이다.

아이가 겉으로 외상을 당하지는 않았지만, 정신적으로 얼마나 큰 충격을 받았을까? 보이는 상처보다 오히려 더 오래가는 보이지 않는 상처를 보지 못하고 만일 부주의한 엄마가 마음에 상처를 주는 말을 했으면 그 결과는 어떠했을까를 생각하니 아찔하여 나에게 믿음 주신 하나님께 감사의 기도가 저절로 나왔다.

아마도 사고를 당하고도 감사할 수 있는 조건은 오직 살아있는 믿음밖에는 없을 것이다. "하나님께서 귀한 아들 큰 사고에서 지켜주시고 건져주신 은혜만 생각해도 감사하지 않니? 너를 우리에게 다시 보내주신 하나님께 감사할 뿐이란다." 실수하지 않는 믿음을 주신 것을 감사하며 "나의 입술의 모든 말과 마음의 묵상이 주께 열납되기 바랍니다"라는 찬송을 하며 잠자리에 들 수 있었다.

아침에 일어나니 어제와 다른 새로운 하루를 맞는 기분이었다. 죽을 뻔했다가 살아난 아들을 만난 감회일까? 사도 바울이 "나는 날마다 죽노라"라고 고백한 말씀처럼 이렇게 매일 죽음 가운데서 살려주신 감격을 맛보며 산다면 우리의 삶이 더욱 진지하고 겸손하게 될 터인데, 아마도 한두 달 지나면 또 그 감격을 잊고 똑같은 실수를 반복하면서 살아갈 것이다. 그래서 아마 정신 차리라고 가끔 이런 사고도 허락하시는 것이 아닌가 하는 생각이 들었다.

성공적인 삶

♥   많은 사람의 사랑과 존경을 받던 서울에 계신 K 장로님
이 쓰러지셨다는 소식을 듣고 회복을 위하여 열심히 기도했다.
그분을 알고 사랑하는 분들은 누구든지 다 기도했을 것이다. 그
분은 정말 많은 사람에게 삶의 모범을 보여준 귀한 장로님이기
때문이다.

"인자와 진리로 네게서 떠나지 않게 하고 그것을 네 목에 매며
네 마음 판에 새기라. 그리하면 네가 하나님과 사람 앞에서 은총
과 귀중히 여김을 받으리라."(잠 3:3) K 장로님을 생각나게 하는
말씀이다.

나는 청년 시절부터 그분을 알았지만, 은퇴를 앞둔 K 장로님
은 한결같이 변함없이 하나님의 말씀대로 사신 분이다. 하나님만
을 두려워하며 원칙대로 사신 분이기 때문에 그분을 만나면 존경
하면서도 어렵게 느껴지기도 했다. 가정생활과 직장생활과 교회
생활의 아름다운 조화를 이루며 모든 분야에 성실하신 장로님이
었다. 성실한 남편, 신실한 아버지, 존경받는 교수, 경건한 장로님
으로 인정받기에 충분한 분이시다.

우리 문화는 칭찬하는 데 인색하다. 좋은 사람을 칭찬하면 가
까이 있는 분들이 시샘하는 경우가 많다. 그래서 그런지 그리스
도인이 믿지 않는 가족들로부터 칭찬받기는 쉽지 않다. 그런데
그 장로님은 인간관계를 잘하셨는지 그분에 대하여 험담을 하는
말을 들어보지 못한 것 같다.

그런데 그렇게 그분을 사랑하는 많은 사람들의 기도를 들어주시지 않고 하나님께서 그분을 데려가셨다. 미국에 있는 우리도 이렇게 아쉬워하며 안타까워하는데 하물며 사랑하는 아내와 자녀들과 제자와 교인들의 심정은 어떨까?

장로님이 떠나가셨다는 소식을 들었을 때 이곳에 아직도 하실 일이 많고 우리에게 아름다운 삶을 더 보여주시기를 기대하였는데 너무나 섭섭했다. 하나님께서 우리들의 기도를 꼭 들어주실 것이라고 믿었었다. 그래서 실망이 되기도 하였다. 그런데 우리들의 섭섭한 마음보다 장로님과 하나님의 만남을 기뻐할 수 있다면 우리들의 미련을 버려야 한다는 생각이 든다.

성도의 죽는 것을 귀하게 여기시는 하나님의 말씀으로 위안을 삼아본다. K 장로님은 죽음을 통해서도 마지막까지 교훈과 도전을 보여주셨다. 언제 어떻게 죽을지 아무도 모르는 미래의 일. 그래서 매일매일 하나님과 동행하는 삶으로 하나님 만날 준비를 해야 한다는 것을 가르쳐주신 것이다.

때때로 사람들이 사는 것이 너무 힘들거나 지치고 짜증이 나거나 실패하였을 때 천국에 가고 싶다는 푸념을 하기도 한다. 그런데 천국은 그래서 가는 곳이 아니다. 이 세상에서 열심히 성실하게 자기의 몫을 다한 사람들이 영광스럽게 당당하게 가는 곳이다. 아직 나는 천국에 갈 준비가 되지 않았다는 반성이 된다. 그런 면에서는 K 장로님의 죽음을 부러워해야 할 것이다.

그분은 에녹처럼 하나님과 동행하며 인생을 멋있게 살다가 어느 날 갑자기 이렇게 떠나셔서 우리를 당황하게 하셨지만, 장로님과의 이별을 생각하며 우리의 삶을 돌아보게 한다. 많은 사람들이 인생을 성공적으로 살려고 헛된 노력을 하고 마지막에 후회한다.

"인생의 성공은 하나님의 말씀대로 사는 것이라는 가장 쉽고 간단한 진리를 다시 한번 깨우쳐주신 장로님을 사랑합니다. 하나님은 사랑하는 귀한 아들과의 만남으로 기뻐하시겠지요! K 장로님은 사랑받기 위해 태어난 분이셨군요! 멋쟁이 장로님! 안녕히 가세요!"

좋은 죽음

♥　　따스한 봄날을 맞이하는 한 해가 별로 밝지 않고 마음이 많이 우울하다. 미국과 이라크의 전쟁과 반전 시위의 어두운 소식으로 시작되는 매일의 뉴스가 얼마나 오래갈지 아무도 모르는 일이다. 지금 자녀나 형제가 전쟁에 참여한 가족들의 마음은 너무나 불안하고 힘든 하루하루일 것이다.

그러나 비단 이라크 전쟁이 아니라도 매일매일 질병과의 전쟁을 겪는 사람들도 만나게 된다. 우리는 지난주에 33세의 젊은 청년이 췌장암으로 병을 발견한 지 6개월 만에 사랑하는 가족을 두고 홀쩍 떠나는 모습을 지켜보아야만 했다.

나이가 많이 들어 세상을 떠날 때가 되어도 헤어지는 것은 슬픈 일이다. 그런데 이 세상에서 해야 할 일이 많이 있는 이때 그렇게 젊은 청년의 죽음을 우리가 이해하기는 너무 힘든 일이다. 부모에게는 사랑받는 소중한 아들로, 든든한 형들에게는 너무나 아끼며 사랑하는 동생으로, 주위의 친척들에게는 항상 대견하고 자랑스러운 조카로, 직장에서는 유능하고 성실한 전문 변호사로, 친구들에게는 말할 수 없이 다정다감한 친구로 너무나 사랑받고 존중받는 청년이기에 많은 사람이 크게 안타까워했다.

그런데 놀라운 것은 좋은 죽음을 준비한 청년의 지혜와 성숙한 자세이다. 좋은 죽음이란 가장 사랑하는 가족들과 함께 죽음을 맞이하며 함께 준비하는 것이다. 가장 중요한 자신의 영혼의 주인을 만나는 일을 게을리하지 않고 결단하는 일이 얼마나 중요한지를 아는 지혜로운 청년이었다.

정신없이 열심히 살다가 어느 날 자신이 감당할 수 없는 심한 병을 발견하였을 때 그는 얼마나 당황하였을까? 그러나 그렇게 심각한 상황에서 의연하게 가장 중요한 결정을 미루지 않고 하나님을 만나는 준비를 성실하게 하였다. 그는 죽음이 가까움을 알고는 본인이 자원하여 세례 받기를 원하였다. 가족들 앞에서 신앙고백을 확실하게 하고 세례를 받으면서 본인의 죽음으로 슬퍼할 가족들에게 오히려 위로를 주는 것이 아닌가 생각되었다.

너무 짧은 인생을 살고 떠나는 아쉬움과 섭섭함은 말로 다 할 수 없지만, 믿음으로 영생을 받고 떠나갔기 때문에 다시 만날 수 있다는 소망을 남겨주었다. "영생은 곧 유일하신 참 하나님과 그의 보내신 자 예수 그리스도를 아는 것이니이다."(요 17:3) 그래서 우리는 작별인사를 "Goodbye!"라고 하지 않고 "See you again!" 이라고 했다.

가족들 앞에서 자신이 하나님의 자녀가 되었음을 고백하고 가족들의 사랑의 위로를 받으면서 정말 잠자리에 드는 것처럼 이 세상을 떠나간 그 모습이 너무나 평안하고 복된 죽음이라는 생각이 들었다. 사랑하는 가족의 사랑의 눈길을 받으면서 이 세상을 떠나갈 수 있다는 것은 좋은 죽음을 맞이하는 축복이다. 우리 주위에는 얼마나 많은 사람이 외롭게 사랑하는 가족을 그리워하며 아픔과 슬픔 가운데 떠나가는지 모른다.

그 귀한 청년의 죽음을 보면서 가족의 소중함을 다시 한번 절실하게 느꼈다. 가족은 하나님께서 인간에게 주신 가장 귀한 선물이다.

그리고 무서운 질병으로 고통받으며 죽음을 기다리는 환자들을 돌보는 호스피스 사역을 하는 봉사자들이 새삼 귀하게 느껴졌다. 특히 가족의 돌봄을 받지 못하고 죽음을 기다리는 환자들에게 관심을 가져야겠다는 생각을 했다.

꼭 다시 오실 그분!

♥　　공부하러 외국에 간 남편이 며칠 후에 돌아온다는 소식을 주위의 아는 분들에게 전하였을 때 많은 사람이 놀라움과 기쁨을 표시하며, "정말이에요? 진짜예요……?" 하고 묻는 여러 반응을 보며, 내 마음에 예수님의 재림에 대한 약속을 다시 한번 깊이 생각해보는 기회가 되었다.

나는 남편이 꼭 돌아온다는 실제적인 기대 속에 기다리면서 하루하루를 살고 있었기 때문에 그가 돌아온다는 소식은 나에게는 너무나 당연하고 고대하는 나의 일과였다. 그는 나의 남편이며 나는 그를 사랑하고 있으므로 나는 그의 약속을 굳게 믿고 그가 공부를 마치기까지 기다림 속에 기대를 하고 지냈다. 그 기다림이 때로는 지루하고 답답하고 어려운 일들을 감당해야 하는 수고를 치러야 하는 과정이었지만 '그날'에 그와 만난다는 사실을 생각하며 견딜 수 있었다.

다른 사람과는 다르게 실제(real)로 느끼며 감당할 수 있는 것은 바로 남편과의 '사랑의 관계' 때문이다. 이것이 바로 우리 주님을 기다리는 실제가 되어야 함을 나는 깊이 깨닫게 되었다.

주님을 정말 깊이 사랑한다면 그의 재림은 간절하게 기다리지 않을 수 없는 절실한 사실이 될 것이다. 혹시 우리가 주님의 재림을 막연하게 생각하고 소홀히 살고 있다면 우리와 주님과의 관계에 문제가 있는 것이다. 내가 남편이 돌아온다는 사실을 기대함이 없이, 큰 기쁨도 없이 받아들인다면 그것은 아마 나에게 큰 문제가 있음에 틀림이 없을 것이다. 그를 사랑하고 있지 않거나 그와의 관계가 잘못되어 있음이 분명할 것이다.

우리는 주님을 기다리는 삶 속에서 우리와 주님과의 관계를 확인하며 우리의 삶을 점검해볼 필요가 있다고 생각이 된다. 우리 주님은 다시 오신다고 분명히 약속하셨다. 요한복음 14장의 '그날'에 대한 약속은 바로 우리 주님이 직접 말씀하신 사실임을 기억하자. 우리에게 반드시 '그날'이 있다는 사실을 상기할 때, 우리는 그분을 만날 준비를 하며 우리의 삶의 태도를 정리하며 살아가야 할 것이다.

조이랜드(Joyland)

♥　　캘리포니아에서 경험하기 어려운 장마가 연말부터 새
해가 지나도록 오랫동안 지속되었다. 달력마다 새해의 상징으로
떠오르는 밝은 태양이 그리워진다.

그렇지만 이렇게 메마른 땅을 맘껏 적셔주는 비를 일 년 내 언
제 또 경험할 수 있겠는가! 자연에서 하나님의 음성을 들을 수 있
는 귀와 하나님의 손길을 볼 수 있는 사람은 정말 멋진 하나님의
친구일 것이다. 하나님의 걸작품인 자연 속에서 상처받은 사람들
이 치유를 경험하는 것은 너무나 당연한 일이다.

21세기의 가장 큰 변화 중의 하나는 인터넷 혁명이다. 그런데
인터넷 시대를 살아가는 많은 가정이 여러 가지 문제들을 경험하
며 당황하고 있다. 가족 관계가 점점 어려워지고, 인터넷 중독으
로 가정의 위기를 겪는 부부들이 적지 않다. 사이버 문화에 젖어
있는 자녀들과의 대화는 더 힘들어질 수밖에 없는 현실이다. 하
루에 평균 485쌍의 부부가 이혼한다는 신문 사설을 읽고 정말 놀
라지 않을 수 없었다. 너무 편리한 세상에 살며 너무 재미있는 것
만 추구하는 삶에서 점점 마음의 평안을 잃어가며 진정한 삶의
기쁨을 상실해가고 있는 것 같다.

이제는 일주일에 한 번 와서 잠깐 예배만 드리고 가는 교회생
활로는 삶의 도전이나 의미를 발견하기가 힘든 것 같다. 진정한
삶의 변화와 발전을 위해 매일의 삶 속에서 자기 부인과 훈련이

필요하다.

전인(全人) 교육의 필요성이 절실한 시대라는 생각이 든다. 경제적인 위기보다 더 심각한 것은 가정의 위기이다. 이제는 개인의 멘토(mentor)뿐 아니라 가정들의 멘토도 필요하다. 가정교육의 부재 시대인 이때 교회가 건강한 가정을 세우는 일도 감당해야 할 것이다.

하나님께서 우리 교회가 가정 사역하기에 적합한 공간인 '죠이랜드(Joyland)'를 우리에게 주신 것은 우연한 일이 아니라는 생각이 든다. 따뜻하고 아늑한 꿈으로 시작한 사역을 위하여 기도 응답으로 주신 죠이랜드는 꿈의 동산, 기쁨의 동산, 치유의 동산이 될 것이다.

메마른 마음과 영혼이 쉴 수 있는 안식처, 외로운 사람들이 찾아와 그분을 만나는 기쁨을 누릴 수 있는 쉼터, 할 일을 찾지 못하고 방황하는 사람들에게 일하는 즐거움을 주는 활력소, 영혼의 갈증을 느끼는 사람들에게 시원하게 해줄 수 있는 기도처, 지성에 만족을 줄 수 있는 북카페와 둘이서 걸으며 깊은 대화를 나눌 수 있는 산책 코스 그리고 사철마다 귀하게 열리는 과일나무들은 마치 작은 에덴동산을 연상케 한다.

20여 년 전에 프랜시스 쉐퍼 박사의 《라브리》(홍성사 출간)라는 책을 읽고 비전을 품은 꿈이 미국에 와서 이루어질 것이라고는 상상도 못 하였다. 꿈을 꾸는 사람들에게만 꿈이 이루어진다는 사실을 다시 한번 깨닫는다.

꿈의 땅인 죠이랜드에서 사람들이 하나님을 만나 기뻐하며, 천국에 대한 소망으로 즐거워하는 찬양의 소리가 들리는 것 같다. 빗방울이 방울방울 맺혀있는 죠이랜드의 나뭇가지를 바라보며 비 오는 이 새벽에 꿈의 땅에서 이 글을 쓰며, 천국의 아름다움을 느낀다. 소망의 하나님과 동행하는 새해의 태양을 기대하면서!

관계 지수

♥　　인생을 성공적으로 살아가는 데 가장 중요한 것이 인간
관계라는 생각이 든다. 살아가면서 많은 사람과 원만한 관계를
맺는 사람은 행복하다. 그리고 행복한 사람은 대개 마음의 즐거
움과 편안함이 얼굴의 부드러운 미소로 표현된다.

　억지로 꾸미는 인위적인 것이 아닌 자연스러운 미소가 주는
아름다움의 효과는 사람들을 끄는 매력이 있다. 결국, 그런 매력
을 가진 사람들이 인간관계를 잘하는 것 같다.

　관계를 잘하는 사람들은 긍정적이며 창의적인 생각을 많이 한
다. 새로운 것들을 끊임없이 생각하며 만들어내는 사람들의 특징
은 부지런하며 무슨 일이든지 꾸준하게 열심히 한다는 것이다.
그런 사람들은 불평이나 원망이나 후회를 하면서 한가하게 시간
을 낭비할 여유가 없다.

　반면에 과거에 집착하여 매달려 사는 사람들은 우울하다. 현재
에 감사하지 못하기 때문이다. 그래서 표정이 어둡다. 그러면 다
른 사람들과 좋은 관계를 맺기가 어렵다. 오히려 인간관계에서 상
처를 받게 된다. 또한, 그런 사람은 세상을 부정적인 시각으로 보
는 데 익숙하다. 대안 없는 비판이나 투정을 잘한다. 의욕이 없으
며 상실감이 크다. 그래서 사랑 지수보다 상처 지수가 훨씬 높다.

　창의적인 생각을 하는 사람들은 미래를 여는 사람들이다. 무슨
일이나 적극적이며 긍정적이며 관심이 많다. 호기심이 많고 할

수 있다는 자신감이 넘친다. 실패를 두려워하지 않는다. 설사 실패한다 해도 오뚝이처럼 쓰러져도 계속 다시 일어난다. 그런 사람은 함께 있고 싶은 사람이다.

그들은 생동감이 넘친다. 항상 친절하며 사람을 좋아한다. 긍정적인 생각을 많이 하므로 좋은 감정 지수를 높이려고 노력한다. 따뜻하고 밝은 마음과 열린 마음을 가진 사람은 상대방에 대한 배려심이 많다.

사랑 지수가 높은 사람이 관계 지수가 높다. 자연히 관계 지수가 높은 사람이 성공 지수도 높다. 일을 열심히 하는 사람 중에 인간관계가 원만치 못하여 어려움을 겪는 경우가 종종 있다. 직장 생활에서도 일이 많은 것이나 어려운 것보다 인간관계의 불편함을 호소하는 사람이 많다.

목회 현장에서도 마찬가지이다. 목회자들이 하나님의 말씀을 전하기 위하여 설교 준비를 하는 것보다 더 어려운 것이 성도들과의 관계인데, 그것을 원만하게 하지 못하여 어려움을 겪고 스트레스를 받는 경우가 얼마나 많은가?

연약한 인간들은 사소한 말 한마디에 상처를 받고 관계를 어렵게 한다. 관계 회복에 가장 중요한 것은 용서다. 하나님께서 우리를 무조건 용서해주시고 받아주신 것처럼 우리도 서로 용서해야 관계 회복이라는 기적이 일어난다. 하나님의 사랑으로 자신의 모든 상처가 치유되고 그 사랑이 흘러넘칠 때 사랑 지수는 관계 지수를 높일 수 있다.

멋있는 청년 조엘

♥　　교통사고로 인생이 변화된 사랑스러운 믿음의 딸 이지선의 간증이 많은 젊은이들에게 신선한 충격을 주었다. 그런데 미국에서 또 자랑스러운 믿음의 아들 조엘의 간증을 읽고 너무나 감동하여 나는 만나는 사람들마다 이 책을 권하였다. 설교 중에 목사님도 이 책을 소개하여 많은 교인이 읽고 있다.

그런데 다행스럽기도 하고 감사한 것은 이 두 젊은이의 가정이 모두 믿음의 가정이라는 것이다. 하나님을 경외하는 헌신된 부모들이었기에 그렇게 멋있는 믿음의 아들과 딸로 양육할 수 있었다는 생각이 든다.

지선이도 장래에 자기보다 더 어려운 사람들을 도우려고 미국에서 공부하여 박사 학위를 받고 지금은 대학에서 교수로 일하고 있다. 그리고 틈틈이 코스타(해외한인유학생 집회), 교회 등에서 간증을 하며 하나님께 사랑받는 딸이 되기 위하여 열심히 노력하며 살고 있다. 물론 부모님의 기도 후원은 말할 것도 없을 것이다.

조엘의 이야기를 읽으면서 믿음의 부모보다 더 좋은 축복이 없다는 생각이 들었다. 조엘을 멋있는 사랑의 전도자로 키울 수 있었던 것은 물론 하나님의 은혜이지만, 믿음의 부모의 지혜가 있었기 때문에 가능했던 일이기도 하다. 아마도 조엘이 필자의 큰아들과 동갑이기 때문에 자녀를 키우는 같은 부모의 처지에서 더욱 특별한 애정이 가는 것 같다.

조엘이 얼마 전 한국에 가서 간증 집회를 한 기사를 신문에서 읽고 너무나 반가웠다. 한국처럼 외모를 중요하게 생각하는 나라에서 조엘의 간증은 많은 사람에게 분명한 도전이 되었을 것이다.

외국의 기자들이 한국은 '성형수술의 나라'라고 비아냥거리는 기사를 실어도 할 말이 없는 현실이 아닌가! 우리나라는 어린 학생부터 나이가 든 어른들까지, 여자만이 아니라 남자들도, 연예인만 아니라 일반 사람들도 모두 다 외모에 많은 신경을 쓰고 있는 나라로 유명해졌다. 조엘도 자신의 외모 때문에 너무나 힘들고 어려운 시간을 보냈다고 고백하였다.

이 세상은 어차피 외모로 사람을 판단하기 때문에 예쁘고 멋있는 외모를 추구하지 않고는 살아가기가 너무나 힘들 수밖에 없을 것이다. 다행히 조엘은 하나님의 가치관을 확실하게 알고 있으므로 외모지상주의적인 세상에서 외롭지만 용감하게 살아갈 수 있다.

화상으로 외모가 그렇게 많이 손상되어 보기에 아름답지 않을지라도 그의 속사람이 밝고 건강하게 자랄 수 있었던 것은 하나님의 사랑 때문이다. 하나님은 외모보다 속사람인 중심을 보신다고 약속하셨다. 사람들에게도 사랑받고 싶은 것이 모든 사람의 소원일 것이다. 보이지 않는 속사람의 건강을 위하여 완벽한 무공해 양식인 하나님의 말씀으로 영혼을 살찌게 하며, 영원히 마르지 않는 생수로 영적 건강을 유지해야겠다.

어머니 노래

♥ '계절의 여왕'이라고 불리는 5월은 많은 사람을 분주하고 바쁘게 지내게 한다. 특히 5월 중에서 '어머니의 날'은 모든 가정의 가장 중요한 행사 중의 하나이다. 우리 교회에서도 그 주일에는 자녀들이 어머니 가슴에 꽃을 달아드리고, 모든 교인이 〈어머니의 마음〉 노래를 함께 부른다. 어머니를 생각하며 노래를 부르다가 목이 메거나 눈물을 닦는 교인들의 모습도 자주 보인다.

그런데 세월이 많이 흘러 어느덧 나이가 들어 가슴에 꽃을 달아드릴 어머니가 안 계신 분들이 있다. 그런 분들이 어머니를 생각하는 마음은 더욱 간절한 것 같다. 어머니에 대한 좋은 추억들을 서로 나누다 보면 제각기 어머니 자랑에 목소리가 커진다.

그런데 젊은 부부들과 어머니에 관한 이야기를 나누다 보면 별로 할 말이 없다고 한다. 그들은 매일 공부하라고 야단맞고 피아노 연습하지 않는다고 꾸중 들은 것밖에 생각이 안 난다고 한다. 아마도 많은 부모가 자녀에 대한 지나친 기대와 욕심 때문에 자녀에 대한 사랑의 표현이 부족하였던 것 같다. 이제 부모가 된 처지에서 생각하니 자녀들에게 더 축복하고 격려하지 못하고 좋은 추억들을 많이 남겨주지 못한 미안함과 아쉬움이 남는다. 어머니에 대한 추억도 세대의 변화를 느끼게 한다.

"나실 제 괴로움 다 잊으시고 기를 제 밤낮으로 애쓰는 마음, 진

자리 마른자리 갈아 뉘시며 손발이 다 닳도록 고생하시네. 하늘 아래 그 무엇이 넓다 하리요. 어머님의 희생은 가이없어라."

'어머니'라는 말을 들으면 생각나는 단어가 무엇일까? 사랑, 희생, 따뜻함, 포용, 이해, 부지런함…… 등일 것이다. 그런데 우리 자녀들에게 기억되는 요즘 어머니의 모습은 어떨까 하는 생각이 든다. 손발이 다 닳도록 고생하는 어머니의 모습을 보지 못하고 자란 자녀들이 어찌 그 감동적인 〈어머니의 마음〉에 실린 노래 가사가 실감이 날 수 있을까?

'어머니'는 그 자체가 사랑이고 희생이기 때문에 세월이 이렇게 흘러도 어머니에 대한 사랑은 변하지 않는다. 아무리 세대가 바뀌어도 어머니에 대한 사랑을 느끼지 못한다면 인생이 의미가 없어질 것이다. 그 어머니의 은혜에 보답하고 사랑받는 어머니가 되기 위하여 사랑의 수고를 아끼지 말아야겠다. 하나님의 사랑에 힘입어 사랑의 통로가 되는 '사랑스러운 어머니'로 기억되기를 기대하면서…….

마음 지키기

"무릇 지킬 만한 것보다 더욱 네 마음을 지키라.
생명의 근원이 이에서 남이니라."

(잠 4:23)

♥　　성경에 '마음'이란 단어가 900번 이상 나온다고 한다. 얼마나 복잡하고 할 말이 많은지 알 수 있을 것 같지 않은가? 그런데 그 마음이란 것이 믿을 만한 것이 못 되는 것 같다.

"자기의 마음을 믿는 자는 미련한 자요……."(잠 28:26) 마음이 하루에도 얼마나 자주 변하는지 자신도 알 수 없는 경우가 많다. 아침에 우울한 마음인 것 같다가도, 좋은 소식을 듣거나 칭찬 한마디 듣고 나면 금세 하늘이 아름답게 보일 만큼 환한 마음으로 변한다. 마음이 얼마나 연약한 것인지 알 수 있다. 그래서 마음이 쉽게 상하기도 하고 다치기도 하고 아파서 우는 경우도 많다. 약한 마음은 보호하고 다스려주지 않으면 물이 넘쳐흐르듯이 제멋대로 흘러가기가 너무 쉽다.

그런데 믿음의 공동체인 교회 안에서도 사람들이 생각 없이 던지는 말로 너무 쉽게 상처를 입는다. 외적(外的)인 상처라면 빨리 치료를 할 수도 있고 도움을 받기가 쉬운데, 보이지 않는 마음의 상처는 본인이 아니면 아무도 모르기 때문에 도와줄 수가 없다. 그러므로 본인 스스로가 상처를 받지 않도록 연약한 마음을 강하게 지킬 수밖에 없다.

그래서 하나님이 "마음을 강하게 하고 담대하라"라는 말씀으로 우리를 위로해주시는 것 같다. 마음이 슬플 때, 외로울 때, 화가 날 때, 억울하여 잠을 잘 수가 없을 때, 그리고 낙심이 되어 좌절감을 느낄 때 자기 마음을 지키지 않으면 성벽 없는 성과 같아서 외적(外敵)이 들어와 우리의 마음을 폐허로 만들 기회를 주게 된다. 우리의 대적 사단은 온종일 두루 다니며 파수꾼이 없는 이런 마음을 찾고 있기 때문이다.

여름은 날씨가 더워지면서 마음도 해이해지기 쉬운 계절이다. 싱싱한 긴장감을 잃지 않도록 신경을 써야 한다. 때로는 마음을 잘 지키지 못하여 부패하여 버린 바 되는 경우도 종종 있지 않은가? 그 어느 때보다 더워지는 여름에 싱싱하고 활력 있는 삶이 되기 위하여 마음 지키는 일이 중요하다. "만물보다 거짓되고 심히 부패한 것은 마음이라."(렘 17:9) 부패하여 상한 음식은 버리면 되지만 상한 마음은 버릴 수가 없지 않은가!

그 상한 마음을 고치기 위하여 오신 예수님은 우리 마음에 그분의 마음을 이식시켜 주셨기 때문에 우리의 변덕스러운 마음은 새로운 마음으로 고침을 받을 수 있다. 이제 이 새 마음을 사랑과 위로의 말로, 격려와 칭찬의 말로 감싸주어 쉽게 상처받지 않는 건강한 마음이 되도록 힘쓰자.

"너희 안에 이 마음을 품으라. 곧 그리스도 예수의 마음이니."(빌 2:5) 그분의 '심장이식'으로 우리의 마음이 그리스도를 닮아갈 수 있도록 변화를 주시는 주께 감사하며 이 여름에 마음을 건강하게 지키도록 기도해야겠다.

좋은 습관

♥   습관이 인격을 만든다는 말이 있다. 어려서부터 좋은 습관을 길들인 사람은 좋은 성격을 형성하는 데 많은 도움이 된다. 어려서부터 좋은 습관을 들이는 데 가장 많은 영향을 주는 존재는 말할 것도 없이 부모다. 그래서 좋은 부모를 만나는 것은 이 세상에서 누릴 수 있는 축복 중에 가장 귀한 축복이다. 그만큼 부모의 영향력이란 대단한 것이다.

다행스럽게도 필자는 좋은 부모를 만난 축복을 누렸다. 특히 어머니의 부지런하고 희생적인 모습들은 지금도 나의 삶 속에 도전으로 남아있다. 그래서 때로 게으름을 피우다가도 어머니를 생각하면 정신이 바짝 나기도 한다. 그러면서 한편으로 성장한 두 아들을 볼 때 과연 나 자신은 자녀들에게 어떤 모습으로 남을까 궁금하기도 하다. 아들이기 때문에 어머니의 영향보다는 아버지의 영향이 더 많을 것이라는 기대를 하며, 자신의 부족함을 변명해본다.

아직도 가야 할 길이 많이 남아있기에 중간 점검한다는 마음으로 자신을 뒤돌아보게 된다. 이제 열심히 달려온 인생 전반전의 삶을 정리하며 후반전의 더 의미 있는 삶을 위한 목표들을 생각하게 된다. 무슨 일이든지 해야 할 일은 책임 있게 열심히 하기는 했는데, 일하는 과정들은 성숙하지 못했다는 후회가 남는다.

인생을 잘 산다는 것은 무슨 일을 많이 했다는 업적보다는 그 사람이 어떻게 살았느냐 하는 사람의 됨됨이임을 생각하게 된다. 인생의 남는 것은 일의 업적보다 인격의 흔적이라는 것을 절실하게 실감한다. 지금부터라도 더 좋은 흔적을 남기기 위하여 좋은 습관을 개발해야겠다.

무엇보다도 '감사하는 습관'은 마음의 여유를 갖게 한다. 당연하다고 생각되는 작은 일에서부터 모든 환경적인 조건에도 항상 감사하는 마음을 담고 입으로 시인하는 습관을 익히리라.

매일 아침 건강하게 눈을 뜨고 두 발로 걸어 새벽을 깨우며 성전에 가서 기도할 수 있는 것이 얼마나 큰 은혜인지 새삼스럽게 깨닫게 된다. 실수로 넘어져서 마음대로 걸을 수 없게 되니 비로소 건강한 두 발의 고마움을 느끼는 것처럼, 감사한 일들을 많이 놓치며 살았다는 것을 반성하게 된다.

평생을 교회에 다니면서 그렇게 하나님의 말씀을 많이 들어도 마음으로 깨닫고 몸으로 실천하기가 얼마나 어려운지 참으로 답답한 일이다. "범사에 감사하라"라는 말씀 하나만 평생에 실천하여도 인생이 풍요로워질 것이다. 그런데 그 많은 하나님의 말씀을 순종하고 실천한다면 우리의 삶이 얼마나 놀라운 삶이 될까? 생각만 해도 벅찬 감동이 살아난다.

그런데 역시 미련하고 죄에 젖어있는 속성을 버리지 못하고 습관적으로 불평하는 것이 익숙하니 참으로 안타까운 일이다. 그래도 의식적으로 감사하는 습관을 입으로 고백하며 시인하는 훈련을 한다면 변화될 것이다. 모든 일에 긍정적으로 좋은 생각을 많이 하고 좋은 습관을 개발하여 발전적인 삶을 기대하자!

기쁨이 되는 존재

♥　　연일 불볕더위로 정말 더운 한여름이다. 숨이 탁 막힐 것 같은 뜨거운 태양열에 지치기 쉬운 하루하루가 빠르게 지나가고 시원한 가을이 어서 왔으면 좋겠다.

너무 더워서 몸이 늘어지기 쉽고 생동감을 잃게 된다. 이럴 때는 방금 쪄낸 옥수수와 시원한 수박을 아삭아삭 깨물어 먹는 즐거움과 한가로움이 무더위를 이겨내는 비결이기도 하다.

이 시원한 수박도, 달고 맛있는 옥수수도 우리에게 기쁨을 주기 위하여 만들어졌는데, 하물며 사람의 존재는 얼마나 귀할까? 인간은 하나님의 사랑받는 존재로 창조되었는데 그 사실을 자꾸 잊어버리고 자기 멋대로 살려고 하므로 삶의 의미를 잃고 방황하는 것 같다.

"나 주님의 기쁨 되기 원하네……" 찬양 가사를 계속하여 반복하며 하나님의 기쁨이 되는 존재에 대해 생각하게 된다.

우리 집에 있는 작은 강아지는 자신이 사랑받기 위해서 주인 옆에 자꾸 다가온다. 때로는 귀찮을 정도로 붙어 다니기도 하지만 너무 좋아하는 모습이 대견스럽게 느껴질 때도 있다. 외출했다가 들어오면 마치 오랫동안 떨어져 있다가 만나는 연인에게 하는 것처럼 항상 반갑게 달라붙고 졸졸 따라다닌다. 그럴 때마다 느끼는 것이 우리가 하나님을 이렇게 열심히 사모하며 반가워하고 하나님을 즐거워한다면 하나님도 좋아하시겠다는 생각이다.

분주한 사역이나 어떤 활동보다도 잠잠히 하나님을 바라보며 그 얼굴을 구하여 그분과 함께 있는 시간이 얼마나 귀한지를 깨닫게 된다. 그런데 세상은 가만히 앉아있으면 뒤떨어지는 것 같은 기분이 들게 만든다. 자신이 무능한 것처럼 느끼게 하며 다른 사람과 비교하는 마음이 들고 세상에서 인정받는 일에 더 관심을 쏟게 가만히 놓아두지 않는 것 같다. 인간은 자신이 아무것도 아닌 것 같은 느낌이 들 때 자신의 가치감을 상실하게 되기 때문이다.

그러나 믿음의 사람은 자신이 아무것도 아니기 때문에 하나님이 전부라는 생각이 들어야 한다. 믿음이 없이는 하나님을 기쁘시게 할 수 없다는 하나님의 말씀이 힘이 된다.

그런데 이런 믿음의 선한 싸움에서 승리하기가 쉽지 않다. 자신을 부인하고 하나님을 더 많이 의식하며 하나님을 기쁘게 해드리는 것이 무엇인지를 고민해야 한다. 하나님께 인정받기 위하여 자신의 생각이나 재능이나 취미나 시간이나 무엇이든지 포기할 각오가 있어야 한다. 세상에서 손해 보는 것 같은 느낌까지도 부인할 수 있어야 한다. 오로지 하나님이 기뻐하시는 것이 무엇인지만을 생각해야 한다.

하나님을 기쁘게 해드리는 것은 지금 내가 있는 상황에서 최선을 다하여 열심히 사는 것이다. 가족들에게도 기쁨이 되고 교인들과 이웃에게도 기쁨이 되는 존재가 되기 위하여 하나님을 더욱 가까이하며 즐거워하며 이 무더운 여름을 시원하게 보내야겠다.

행복한 교회생활

♥   가정은 사람이 태어나서 인격이 형성되고 양육되고 성장하며 활동하는 곳이다. 뿐만 아니라 남녀가 만나 결혼을 하면 가정을 떠나 또 다른 새로운 가정을 이루게 된다. 자녀들을 낳고, 사춘기의 자녀들과 갈등하며 중년의 위기도 보내고 성숙해가며, 노화의 과정을 겪게 된다. 그러므로 가정은 생명의 잉태와 성장, 성숙, 노화와 함께 죽음을 경험하는 곳이기도 하다.

인생의 여정을 보내는 가정과 같은 기관이 또 하나 있는데 그곳이 바로 교회이다. 교회에 다니는 많은 사람이 교회에서 즐거운 어린 시절과 청소년기를 보내며 성장하여 결혼을 통해서 가정을 이루어간다. 또한 중년기에 의미 있는 봉사 생활을 하면서 노년기를 맞이하며, 죽음을 맞는 곳이 바로 교회이다. 그러므로 행복한 교회생활은 행복한 가정생활과 함께 인생을 더 멋지고 풍요롭게 해준다.

행복한 교회생활을 하면 행복한 성도가 될 수 있다. 행복한 교회생활을 하기 위해서는 노력해야 한다. 자녀가 좋은 부모 밑에서 누리는 특권이 있지만 사랑받는 자녀가 되기 위해서는 자녀로서의 마땅한 의무가 있듯이, 마찬가지로 좋은 교회에서 누리는 행복한 교인이 되려면 성도로서 누리는 축복만이 아니라 성도답게 살아야 하는 책임과 의무가 있다.

하나님의 자녀답게 살아가기 위하여 그리스도인의 신분에 맞는 삶을 살아야 한다. 사람들과 만나서 이야기를 해보면 그 사람의 언어에 따라 그 사람의 신분을 짐작할 수 있다. 어리석은 말이나 희롱의 말, 헛된 말, 듣기에도 거북한 부끄러운 말, 남을 비방하는 말을 사용하는 사람과는 교제하기가 불편하다. "생명을 사랑하고 좋은 날 보기를 원하는 자는 혀를 금하여 악한 말을 그치며……."(벧전 3:10) 하나님을 사랑하고 그분을 만나기를 사모하는 사람들의 가장 큰 변화는 언어가 바뀌는 것이다. 하나님 자녀의 신분에 맞는 '고급'(!) 언어를 배우고 훈련해야 한다. 하나님 마음에 드는 사람이 되기 위하여 신분에 맞는 언어를 사모해야 한다.

이민 와서 제일 힘든 것 중에 하나가 언어의 불편이다. 이민생활에 잘 적응하기 위하여 언어를 배워야 하는 것처럼, 우리는 어느 날 천국으로 이민을 떠날 사람들이기 때문에 행복한 교회생활을 통하여 천국 언어를 익혀야 한다. 천국 언어는 긍정적이고 격려하고 위로하며 힘을 북돋아 주는 사랑의 생명 언어이다.

풍랑 많고 힘든 시대에 노아의 방주처럼 쉼과 평화를 누리게 하는 안식처가 되는 교회! 하나님의 사랑 때문에 행복을 누린다는 성도들의 고백 속에 감사가 넘치는 교회! 다른 사람과 비교하지 않고 오직 자기에게 주어진 삶의 현장에서 최선을 다하는 귀한 성도들이 있는 교회! 하나님이 주신 은사대로 자원하여 하나님을 섬기는 기쁨이 넘치고, 행복한 성도들을 위하여 기도하며 행복을 느끼는 목회자가 있는 교회! 이런 교회에서 행복한 신앙생활을 하며 지치기 쉬운 이민자의 삶에 새 힘을 얻기를 기대한다.

소중한 삶

♥   매년 11월이 되면 벌써 마음이 분주해지는 것 같다. 벌써 한 해를 뒤돌아보며 아쉬움도 많지만, 감사가 넘치는 계절이기도 하다. 작은 것에 감사하는 사람은 분명히 행복한 삶을 살 것이다. 습관적으로 불평하고 투덜대며 부정적인 사고에 길들여진 사람은 불행한 삶을 살 수밖에 없다. 불평하는 것이나 감사하는 것도 습관이다.

캘리포니아처럼 좋은 날씨와 좋은 환경에서 살 수 있다는 것이 얼마나 큰 행복인지 외국을 여행해보면 더욱 절실하게 느끼게 된다. 먹을 것이 항상 풍성하여서 당연하게 생각하지만 매일 귀한 음식을 먹으며 즐거움을 누리는 것도 얼마나 귀한 일인가! 매일 일용할 양식을 먹을 수 있는 특권에 감사해야 한다. 아무리 맛있는 음식을 주어도 먹지 못하는 혀암으로 고생하는 남편을 간호하던 어느 집사님의 고민을 들으며 안타까운 적이 있었다.

요새는 웰빙 문화로 많은 사람이 오로지 건강 신드롬에 빠지는 분위기이지만 건강은 정말 중요하다. 아파본 사람은 절실하게 건강의 중요성을 절감할 것이다. 우리가 매일 건강하게 깨어나서 자유롭게 활동할 수 있다는 것의 감사함은 다리를 다치고 보니 더 절실하게 느껴졌다. 그런데 당연하게 생각하기 때문에 감사를 잃어버리는 것이다.

당연하게 생각하며 감사를 소홀히 하는 것 중의 하나가 매일 만나는 사람들의 소중함을 잊어버리는 것이다. 가까이 편하게 만나는 귀한 사람들의 소중함을 항상 새롭게 기억해야 한다.

시간이 지나도 변하지 않는 사람처럼 귀한 것이 없다. 변덕스럽고 신실하지 못한 사람도 의외로 많으므로, 변치 않는 충성스러운 사랑하는 사람들의 소중함이 더욱 귀하게 느껴진다. 그 사랑하는 사람들 때문에 더욱 감사하며 행복해진다. 살아가면서 가장 중요하게 느껴지는 것은 '사람'이라는 생각이 든다.

수년 전에 터키를 방문하면서 오스만 제국의 화려함과 그 시대의 영화가 덧없이 사라진 모습을 보았다. 그렇게도 웅장했던 대단한 건물도 무너진 돌조각에 불과하였다. 정말 이 세상의 어떤 것도 영원한 것이 없음을 실감하였다. 오직 영원한 나라의 주인이신 하나님 그분을 믿는다는 것이 얼마나 귀한 일인가! "이 세상도 그 정욕도 지나가되 오직 하나님의 뜻을 행하는 이는 영원히 거하느니라."(요일 2:17)

하나님의 뜻은 오직 영원하신 예수 그리스도를 믿는 것이다. 이 세상에서 해야 할 가장 중요한 일은 예수 그리스도를 믿고 전하는 것이며, 사람을 귀하게 여기며 섬기는 일이라는 생각이 들었다. 좋은 사람들을 만나고 그분들을 사랑하고 세워주며 영원한 나라를 위하여 준비하는 삶을 사는 것보다 중요한 것이 무엇이 있겠는가?

매일의 감사하는 삶이 영원을 준비하는 삶이라는 생각이 들기에 오늘 하루가 더욱 소중하게 느껴진다.

사모의 마음

♥　　우리 교회가 처음 시작되었을 때에는 대학교 체육관을 빌려서 예배를 드렸다.

주일 아침이면 집사님 몇 분이 일찍 오셔서 의자를 정리하고, 교회 이름이 적힌 배너를 달기도 하고, 미디어 시설과 유아방에 TV를 설치하느라 열심히 섬겼다. 마치 구약의 이스라엘 백성들이 예배를 드리기 위하여 장막을 치는 모습이 연상될 만큼 주일마다 섬기는 발걸음들이 바빴다.

예배 후에 나눌 점심을 위하여 사랑방 식구들이 부엌도 없는 야외 간이식당에서 열심히 맛있는 '만나'를 준비하고, 유아와 어린이를 돌보는 교사들은 방을 멋지게 꾸몄다. 모든 봉사자가 자원하여 자기의 할 일을 찾아 주일 예배를 위하여 섬기는 모습을 보면 예배드리기 전에 이미 마음에 감동이 되며 기대가 되었다.

종종 한국에서나 외부에서 오신 분들이 주일에 함께 예배를 참석한 후, 교회가 마치 물고기가 펄떡펄떡 뛰는 것같이 살아있는 느낌이 든다고 말했다. 주일마다 예배당을 '만들고'(!) 또 예배 후에는 장비를 치우느라 땀을 흘리는 수고를 했지만, 그분들의 얼굴에는 기쁨과 감사가 넘쳐흘렀다.

자체 예배당이 없어서 불편한 점도 있었지만, 불평하는 사람들은 대개 봉사하지 않는 사람들이고 정말 힘들게 수고하는 분들은 오히려 감사하며 즐겁게 섬긴다. 이런 봉사자들을 보면 다른 사림들을 행복하게 해주는 사람들이라는 생각이 든다. 실제로 다른 사람들을 행복하게 해주면 자신이 큰 기쁨과 행복을 느끼게 된다. 그런 사람들은 어떤 환경과 조건에서도 항상 긍정적으로 바라보며 생각하고 격려하며 긍정적인 언어를 사용한다.

많은 사람이 행복하기 위하여 열심히 노력하며 살아간다. 그래서 좋은 집을 장만하고 좋은 차를 사고, 좋은 학교와 직장에 가려 하고, 끝없이 더 좋은 것을 위하여 뛰어다닌다. 그런데 막상 이렇게 좋은 것들을 다 가진 사람들을 만나봐도 결코 만족해하거나 행복해 보이지 않는다.

행복의 조건은 물질적인 것이나 외적인 조건이 아니라는 사실을 다 가져봐야 깨닫게 되는 것 같다. 주어진 상황에 감사하고 최선을 다하면서 삶의 기쁨을 누리는 사람이 정말 행복을 만드는 사람들이다.

이민생활에서 신앙의 발견은 삶에 큰 의미가 있다. 좋은 교회를 찾아 바른 신앙생활을 하면 삶이 즐겁고 행복해진다. 그런데 신앙을 갖고도 행복이 무엇인지 깨닫지 못하고 방황하는 사람들이 많이 있다. 이기적인 마음과 미숙함과 부정적인 생각 때문에 자신에게 얽매여 있으면 교회생활이 재미가 없다. 다른 사람을 행복하게 해주기 위하여 자신의 시간과 물질과 힘을 아낌없이 투자하면서 기쁨을 누리는 사람이 정말 행복을 만드는 사람들이다.

우리 교회는 행복을 만드는 이런 사람들이 많아서 행복한 교회이다. 행복의 조건은 바로 이런 행복한 사람들과 함께하는 즐거움에 있다. 자신이 행복하기 위해서가 아니라 다른 사람들을 행복하게 해주기 위하여 행복을 창조하는 사람들이 정말 멋진 사람들이다.

　나도 행복을 만드는 사람이 되고 이러한 멋진 사모가 되고 싶다. 행복은 저절로 생기는 것이 아니라 만들어가는 것이다. 그래서 매일 행복을 만드는 연습을 한다. 좋은 생각들을 많이 하고 긍정적으로 살아가는 훈련을 하면서 행복을 만들어가는 멋진 인생을 꿈꾸며 또 한 해를 아쉽게 보내야 할 것 같다.

　　"너는 행복자로다.
　　여호와의 구원을 너같이 얻은 백성이 누구뇨?"

(신 33:29)

아내의 갈등

♥　　어느 날 후배 사모와 오래간만의 만남을 기뻐하며 아이들의 안부와 이런저런 이야기로 신나게 수다를 떨었다. 때로는 이런 거리낌 없는 수다가 기분전환에 도움이 되기도 한다.

그 사모는 이야기 중에 자신이 사모라는 것을 말하기 싫을 때가 있다고 했다. 사모의 신분을 밝히지 않고 사람들과 만나는 것이 편한 이유 중 하나가 목사의 자격론이었다. 우리는 많은 자격 미달 목사에 대한 실망감과 답답함을 털어놓으며 속 시원한 이야기를 나눴다.

대접받는 것에 익숙하고, 편협한 시각으로 다른 사람의 말에 귀 기울이는 것에 인색하며, 자기 잘난 멋에 빠진 목사가 많다. 목회자끼리도 잘 어울리지 못하고 시기, 질투하는 모습을 미래가 열려있는 젊은 목회자들에게서도 자주 보게 된다. 성공적인 목회를 위하여 수단 방법을 가리지 않는 목회자에게 바른 소리를 해줄 수 있는 사람이 바로 사모여야 한다는 생각이 들었다.

그런데 안타까운 것은 아직 미숙한 사모들은 목사가 된 것을 마치 세상적으로 무슨 큰 지위나 얻은 것처럼 여겨 겸손치 못하고, 오히려 남편을 민망하게 만들 수도 있다는 것이다. 우리는 사모가 더욱 정신 차리고 기도에 깨어있어야 한다는 '사모 자격 미달론'으로 공감하며 서로를 위하여 기도하자면서 헤어졌다.

남편이 부목사로 있을 때와 달리 대형 교회의 담임목사로 부임할 때, 두렵고 떨리는 마음으로 남편과 한 가지 약속한 것이 있었다. 목사인 남편을 옹호하는 사모보다는 객관적인 입장에서 교인들의 마음을 대변하는 야당 같은 사모의 역할을 하겠다고 제안했다. 다행히 남편은 아내의 말에 귀 기울여주며 기꺼이 그 제안을 받아주었다.

그때 남편은 대학교수로 부흥회와 세미나와 강의 등으로 너무나 분주하게 지내며, 많은 사람에게 칭찬과 인정을 받는 소위 '뜨는 젊은 목사'였다. 게다가 대형 교회 담임목사가 된다는 것은 하나님의 전적인 은혜였지만 세상적으로 보면 성공적인 행운이라 할 수도 있었다.

그래서 어떤 면에서는 영적으로 가장 위험한 시기라는 생각이 들었다. 사람은 누구나 잘될 때가 넘어지기에 가장 좋은 시기이기 때문이다. 사단은 사람들이 성공했다고 느낄 때 가장 가까이 한다. "선 줄로 생각하는 자는 넘어질까 조심하라"라는 말씀이 생각났다.

소위 성공했다는 지도자에게 가장 위험한 것이 교만인 것을 가까이에서 자주 보아왔다. 교인들에게 항상 좋은 말만 들어 자기 착각에 빠질 수 있는 남편에게 가장 정직하게 아픈 말을 할 수 있는 사람은 그를 가장 사랑하는 아내라고 생각했다.

그런데 남편을 잘 돕는다는 의도로 남편의 결정에 비판도 하고, 남편의 실수에 대해 쓴소리와 싫은 소리를 하면서 종종 상처를 준 것 같아 항상 마음에 미안함과 자책감으로 남아있다. 후배 사모가 "사모님도 목사님과 싸우세요?"라고 물었을 때, 나는 "우리는 목회만 안 하면 싸울 일이 없을 거야"라고 했다. 교인들의 편에 서서 대변하는 사모 노릇을 하다 보니 남편의 잘못을 지적하는 야속한 아내가 되고 마는 갈등을 하나님은 알아주실까?

얼마 후에 대형 교회 목회를 접고, 작은 개척교회를 개척하였다. 이제 세월이 지나고 보니 목회를 잘하는 멋있는 목사가 되기를 바라는 지나친 기대 때문에 남편을 위로해주지 못하고, 너무 외롭게 한 것 같아 미안한 마음이 든다. 다행히 남편은 정서적으로 건강하고 성숙한 성품이므로 마음의 상처를 잘 받지 않는다. 그래서 아직도 깍쟁이 아내를 여전히 사랑해주니 고마울 뿐이다.

만일 죽음을 앞두고 남편과 마지막 인사를 해야 한다면 무슨 말을 할까? 분명히 칭찬에 인색했던 사모로서의 미안하다는 말과 사랑받기에 자격 미달인 아내로서 고맙다는 말을 하게 될 것 같다. 이제 더는 남편에게 미안하다는 말을 하지 않도록 잘난 척하는 냉정한 사모 노릇보다는 푸근하고 성실한 아내로 남편을 사랑하며 살고 싶다.

엄마, 나 예뻐?

"엄마, 나 이뻐?"
"그럼, 이쁘지!"
"얼마큼 이뻐?"
"이만큼. 아니, 이만~~~~큼. 말할 수 없을 만큼 이렇게 예쁘단
다!"

♥　　엄마와 어린 딸 사이의 대화의 한 토막이다. 엄마가 이
렇게 말하며 두 팔로 아이를 꼭 안아줄 때, 우리는 따뜻한 사랑을
느끼면서 흐뭇해하며 살아가는 기쁨을 누리게 된다.

고슴도치도 제 새끼는 예쁘다고 하지만, 이 세상에서 부모와
자녀만큼 순수한 사랑의 관계는 없을 것이다. 부모는 자녀와 일
방적인(one-sided love) 사랑을 하기 때문이다. 자녀에게 베풀기를
좋아하며 좋은 것은 무엇이든지 다 주고 싶어 하는 것이 부모의
마음일 것이다. 이렇게 조건 없이 어떤 희생도 희생이라고 생각
지 않는 부모의 사랑을 받으면서 멋지게 성장하는 자녀들을 바라
보는 것은 정말 보람을 느끼는 일이다.

그런데 안타깝게도 부모의 사랑의 수고에도 불구하고 많은 자
녀는 부모의 생각이나 기대와는 다르게 변하여가는 것을 발견하
게 된다. 자녀를 키우면서 마음의 상처를 받으며 자신의 한계를
느끼기도 하고, 때로는 깊은 좌절과 우울함에 빠지게 되기도 한

다. 그래서 "무자식 상팔자"라는 옛말의 의미를 생각하게도 된다.

필자도 두 아들을 키우면서 제일 먼저 깨달은 것 중의 하나가 그렇게 사랑스러운 나의 아들이지만 하나님 앞에서는 죄인의 아들이라는 사실이다. 내가 죄인인 사실을 잊지 말아야 하는 것처럼 나의 사랑스러운 자녀가 죄인이라는 사실을 깨닫지 못하면 너무나 많은 상처를 받게 될 것이다.

> "사람의 마음의 계획하는 바가 어려서부터 악함이라." (창 8:21)

> "하나님이 사람을 정직하게 지으셨으나 사람은 많은 꾀를 낸 것이니라." (전 7:29)

그렇게 예쁘고 사랑스러운 자녀가 말을 배우고 자신의 존재를 인식하면서부터 부모에게서 멀어지려고 하며, 자기 주장대로 하려고 고집을 부리고 반기를 들게 된다. 이제부터 부모와 갈등의 관계가 시작되는 것이다.

어느 때부터인가 슬슬 죄인의 본성이 나타나기 시작한다. 하나님의 성품을 닮아야 할 자녀에게서 부모를 거역하는 죄의 성품을 발견하게 된다. 그러나 자녀에게 있어서 부모는 거울과 같은 존재이기도 하다. 어려서부터 자녀들이 항상 보고 배우는 부모가 먼저 예수 그리스도를 말미암아 새롭게 변화되지 않는다면 자녀가 변화될 수 없는 것은 너무나 당연하다.

자녀를 바르게 이해하지 못하고 그저 부모가 생각하는 대로 양육하다 보면 예상 밖으로 자녀에게 너무나 큰 상처를 주게 되는 경우가 있다. "마땅히 행할 길을 아이에게 가르치라. 그리하면 늙어도 그것을 떠나지 아니하리라."(잠 22:6) 부모는 자녀를 사랑하면 사랑할수록 더욱 바르게 교육해야 할 의무가 있다.

자녀에게 무엇보다도 가장 중요한 것은 먼저 창조자 하나님을 경외하는 믿음을 갖게 하는 것이다. 하나님이 기뻐하시는 사람이 되게 하도록 부모에게 순종하는 훈련을 해야 하며, 하나님의 자녀로서 이 사회에서도 책임 있는 삶을 살아가기에 부족함이 없도록 훈계하고 가르쳐야 한다.

이것은 저절로 되는 것이 아니며, 만일 부모가 적극적으로 가르치지 않으면 우리의 자녀들은 주위 환경과 친구와 세상의 풍조를 보고 그렇게 닮아갈 수밖에 없을 것이다. 그래서 유대인 사회에서는 자녀를 바르게 교육하지 않는 것은 곧 악을 가르치는 것이라는 말이 있다. 좋은 부모가 된다는 것은 일생의 작업이다.

♥　　　대학 2학년 때 예수 그리스도를 믿고 마음에 영접한 후 나의 인생은 너무나 변화되었다. 소극적이고 이기적인 삶에서 적극적이며 활달한 성격으로 바뀐 것이다. 마음의 놀라운 기쁨과 평화와 소망으로 인생이 즐거워지며 사람을 좋아하게 되었다. 스스로 자신이 행복하다는 자신감을 느끼게 되었다.

대학 후반기를 대학생들이 모여 성경공부하는 그룹에서 많은 신앙적인 훈련들을 받은 것이 나의 인생에 얼마나 큰 유익이 되었는지 모른다. 그래서 여러 해 동안 'KOSTA'라는 한인 해외유학생 수양회에 매년 참석하여 강의와 상담을 통해 학생들에게 항상 젊을 때 인생을 하나님께 드리라는 권면을 아끼지 않았다.

성경공부 모임에서 남편을 만나 행복한 결혼생활을 하며 남편의 도움으로 내가 좋아하는 일을 할 수 있는 것도 얼마나 감사한 일이었는지!

> "사람의 걸음은 여호와께로서 말미암나니
> 사람이 어찌 자기의 길을 알 수 있으랴."
>
> (잠 20:24)

목사의 아내가 될 것이라고는 꿈에도 생각을 못 했는데, 훗날에 알고 보니 친정어머니의 오랜 서원기도가 있었다고 한다.

예전에는 사모의 길은 가시밭길이라 하여 평범한 많은 사람은 피해 가기를 원했다. 목회자의 아내 같은 '고난의 길'을 자청하는 사람은 특별한 사람들일 것이라고만 생각했기 때문에 나와는 상관없는 일인 줄 알았다.

그런데 많은 사람들이 어려운 길이라고 생각하지만, 나는 그런 편견에 빠지지 않고 오히려 그것을 긍정적으로 받아들여 사모의 자리에 부담을 느끼기보다는 구원받은 그리스도인으로서의 특권을 마음껏 누리며 자유롭게 살아온 것 같다.

결혼 후 작은아들을 임신했을 때인데, 남편이 갑자기 신학교에 간다고 하는 것이었다. 반대할 수는 없었지만, 남편이 목사는 되어도 목회는 못 할 것으로 생각하고 대학교수가 될 것을 기대하였다. 정말 뜻대로 서울신학대학 교수가 되어 여러 해를 열심히 공부하고 가르치며 잘 지냈다.

그러던 어느 날 남편은 "역시 목사는 목회를 해야 하지 않겠느냐"고 하더니, 결국은 목회자의 길을 가게 되었다. 아내로서는 남편의 뜻을 따를 수밖에 없었다. 그러나 "사람의 마음에는 많은 계획이 있어도 오직 여호와의 뜻이 완전히 서리라"(잠 19:21)라는 말씀으로 힘을 얻었다.

그로부터 이미 안정된 큰 교회에 담임목사로 청빙되어 목회의 길을 걷기 시작했다. 그동안은 평범한 교인으로서 교회 밖에서 생활하다가 교회 안으로 들어오니 교회가 너무나 형식적이고 세속적이라는 생각이 들었다. 외형적인 성장만을 강조하며 너무나 비본질적인 것에 허식과 낭비가 많은 것들을 보며, 부정적인 요소들로 실망이 되었다.

아직 젊은 나이에 너무나 좋은 대접을 받으면서 안주하는 것 같아 마음이 편치 않았다. 내가 기대하던 교회의 거룩하고 희생적이며 순결한 모습보다는 세상에서 기대하던 삶과 별로 차이가 나지 않을 만큼 물질적이며 현실 지향적이었다. 신앙 공동체로서의 성경에서 말하는 모습이 없는 것에 너무나 회의적이며 충격적이었다.

그래서 늘 '성경에서 말하는 교회'를 꿈꾸다가, 결국 인생의 중년기에 들어서 건강하고 행복한 '개척교회'를 시작한 것이다. 나는 절대로 교회를 개척하는 일은 없을 것으로 생각했는데 그것은 나의 일생에 하나의 새로운 도전이었다.

하나님의 말씀이 흥왕하여 말씀의 능력이 살아있는 교회, 하나님의 말씀에 순종하여 행복한 가정생활을 강조하는 교회, 세상이 줄 수 없는 진실한 사랑의 교제와 기쁨이 충만한 교회, 생각만 해도 가고 싶고 머물고 싶고 아끼고 싶은 교회, 너무나 좋아서 노래하고 기도하며 마음껏 꿈을 꿀 수 있는 교회, 서로 도와주며 삶의 의미를 찾아 보람을 느끼며 성장하는 교회를 꿈꾸며 '꿈과 쉼이 있는 만남의 공동체'인 '죠이휄로쉽교회'가 탄생한 것이다.

'죠이(JOY)'에는 아름다운 의미가 담겨있다. 즉 "Jesus is First, Others is Second, You are the Last, and spell JOY!" 예수님을 첫 번째, 이웃을 두 번째, 자신을 마지막에 둘 때 비로소 진정한 기쁨이 온다는 뜻의 'JOY Fellowship Church'라는 이름을 남편과 함께 의논하여 결정하였다.

일간신문에는 "또 교회 세워!"라는 신선한 이미지를 보여주는 세련된 광고문으로 전문가의 도움을 받아 교회를 소개하였다. 기존 교회와는 다른 새로운 스타일로 건강하고 행복한 교회를 이루기 위하여 용감하게 새로운 변화를 시도하였다.

변화를 시도한다는 것은 용기와 끈기가 필요함을 순간순간 느끼게 된다. 여러 해 동안 하나님 나라에 대한 꿈을 갖게 하며, 예수 그리스도 안에서 진정한 쉼을 누리게 하고, 하나님을 만남으로 인생을 행복하게 해줄 수 있는 복음적인 멋있는 교회를 꿈꾸며 흥분 속에 주님을 섬긴 귀한 시간이었다. 남편은 설교와 성경공부 중심으로 하는 '말씀 목회', 그리고 나는 가정을 회복하기 위한 다양한 프로그램을 통한 '가정 목회'에 집중하였다.

부부가 함께 '동역 목회'를 한다는 것이 기존 교회에서는 결코 쉬운 일이 아니다. 유교적인 문화가 강한 현존하는 많은 교회에서는 사모의 역할을 중요하게 생각하면서도 잘못된 편견과 고정관념 때문에 사모의 은사나 전문성을 인정해주지 않는다. '모범생' 같은 현모양처의 사모 상을 많은 교인은 좋아한다.

그러나 하나님은 사람들을 각각 다르게 창조하셨다. 서로 다른 독특함을 인정하며 사모를 인격적으로 사랑할 수 있는 성숙한 문화를 만들어가는 것도 새로운 시대를 맞이하는 건강한 교회의 모습이라고 생각한다.

필자에게는 하나님께서 지혜와 믿음의 은사를 주신 것으로 믿는다. 많은 독서와 세미나, 사람들과의 만남을 통하여 배운 삶의 지혜와 경험들이 사람들을 섬기는 데 크게 도움이 되는 것 같다. 그래서 인격이 조금은 성숙한 중년에 교회를 시작하는 것이 너무

젊었을 때 많은 시행착오를 하며 상처를 받는 것보다 더 바람직하다는 생각이 든다.

주일마다 감동적이며 은혜로운 예배를 드리기 위하여 많은 준비를 하지만, 그런데도 한 번 드리는 예배로 사람이 쉽게 변화되지 않는 안타까움이 있다. 그래서 많은 시간을 함께 나누며 전인교육을 할 수 있는 공간을 위해서 꿈과 쉼이 있는 만남의 장소인 '죠이랜드(Joyland)'를 얻기 위하여 기도하였다. 기도를 시작한 지 2년 만에 하나님께서 놀랍게도 축복의 땅을 허락하셔서 꿈과 쉼이 있는 만남의 사역을 이루어가고 있다.

나는 자주 가고 싶고, 교회에 가면 집에 가고 싶지 않을 만큼 또 하나의 가정 같은 행복하고 좋은 교회가 되기를 항상 꿈꾼다. 특히 이민생활의 많은 아픔과 상처들을 보면서 그들을 위로할 수 있는 꿈과 쉼이 있는 아름다운 신앙 공동체의 절대적인 필요성을 느꼈기 때문이다.

이렇게 신나는 교회를 꿈꾸지만 역시 인간을 섬기는 목회는 그렇게 쉽지만은 않다. 시시때때로 찾아오는 연약함, 너무나 분주하게 일에 빠져 주님을 슬프게 해드릴 때의 죄송함, 때로는 편해지고 싶은 안일한 욕망, 주위의 시선을 의식하며 빠져드는 비교의식, 열등감, 우울함, 기쁨을 상실할 때의 실망감, 세상을 사랑하고 싶은 유혹이 들 때의 좌절감, 회의적인 생각으로 의욕을 잃어버렸을 때의 위기감, 포기하고 싶은 충동 등으로 사단은 끊임없이 공격을 가한다.

어떤 유능한 목회자도 아내의 도움 없이는 목회가 거의 불가능하다고 해도 과장이 아니라고 생각된다. 그 사실을 누구보다도 사단이 너무나 잘 알고 있으므로 사단은 쉬지 않고 사모를 넘어뜨리기 위하여 전심전력하는 것 같다. 그러나 교인들의 기대를 채워주지 못할 때의 그 슬픈 마음을 주님은 이해해주실 것이다. 나 자신을 위하여 살지 말고 주님의 사랑의 공동체인 교회를 위하여 자신을 드리기를 힘쓰며 새 힘을 간절히 구할 때, 주님은 꾸짖지 않으시고 풍성한 사랑으로 감싸주시며 위로해주시고 새 힘을 주신다.

예수님은 "내가 온 것은 양으로 생명을 얻게 하고 더 풍성히 얻게 하려는 것이라"라고 말씀하신다. 나 한 사람의 섬김으로 많은 사람들이 행복을 누릴 수 있다면, 하나님이 기뻐하시는 교회를 위하여 자신을 드리는 일에 인색하지 않고 즐거운 마음으로 마음껏 섬기는 일은 가치 있는 도전적인 삶이 될 것이라고 스스로를 위로하면서 끝까지 믿음의 경주를 하리라 기도한다.

행복 에너지

남편에게 띄우는 편지 (1)

♥　　우리는 결혼 전부터 사랑의 편지를 많이 나누었지요. 지금은 인터넷 시대라 이메일을 주고받기 때문에 대문 앞에서 우체부를 기다리는 그런 정서는 이해를 못 할 거예요. 결혼생활에서도 당신은 주로 편지로 많은 사랑의 대화를 나누었지요. 때로는 서로 다투고 난 뒤에 어김없이 당신의 사랑의 쪽지가 항상 저를 기다리고 있었던 기억이 새롭습니다. 그래서 싸우고 난 후에는 은근히 편지를 찾기도 했어요. 그런데 이제는 그런 화해의 쪽지가 없어도 그런대로 서로를 이해하며 잘 넘어가서 그런지 언제부터인가 그런 일들이 사라진 것 같아요.

당신은 결혼주례 때마다 신랑 신부에게 "미안해요. 고마워요. 사랑해요"를 서로 고백할 것을 항상 부탁하였지요. 그런데 우리의 결혼생활을 뒤돌아보니 정말 당신은 그 사랑의 언어를 저보다 훨씬 더 많이 사용한 것 같아요. 그래서 우리의 결혼생활이 지금까지 행복하게 지나올 수 있었나 봐요. 당신이 결혼주례마다 강력하게 권면하는 이유가 당신의 확신 있는 경험 때문인지도 모르지요. 오늘도 당신을 사랑해요.

사랑받는 아내로부터

♥　　인생의 전반기를 너무나 분주하고 바쁘게 열심히 살았
다는 생각이 들어요. 이제는 제법 여유로운 마음으로 인생의 후
반기를 보내며 이렇게 편지를 쓰려고 책상에 앉으니 지나온 날
들이 너무나 감사할 뿐입니다. 우리 둘 다 믿지 않는 가정에서 부
름을 받아 하나님의 자녀가 되었을 뿐 아니라 하나님의 일에 레
위지파처럼 쓰임을 받는 것은 엄청난 하나님의 은혜이지요. 우리
둘 다 대학생 때에 예수님을 만나고 새벽이슬같이 젊을 때 하나
님께 헌신한 것이 하나님의 기쁨이 되신 것 같아요. 연세대학교
캠퍼스에서 만나 기도실에서 함께 기도하던 일이 엊그제 같은데
벌써 아들이 결혼하여 할아버지 소리를 듣게 되었으니 정말 세월
이 많이 지나갔군요.

　당신이 유학을 마치고 돌아와 서울신학대학교에 교수로 지낼
때가 가장 자유롭고 재미있었던 시절인 것 같아요. 제가 대학원
에 입학하여 공부할 수 있도록 도와주고 때때로 늦은 시간에 학
교에 데리러 와 연세대학교 캠퍼스에서 야간 데이트를 즐기던 때
가 생각나는군요. 때로는 학교에 다니는 엄마 대신 아이들 숙제
도 도와주고 아이들과 함께 자전거 타며 놀아주던 자상한 아빠
로, 가정적인 모범 남편으로 기억이 되어요.

　제가 행복한 가정생활 세미나 강사로 사역을 할 수 있었던 것

은 전적인 당신의 지원이 없었다면 불가능한 일이지요. 가정 사역은 이론이 아니라 실제 상황이고 경험을 나누는 것이기 때문에 당신의 협력에 감사할 뿐이에요. 지금 이렇게 글을 쓸 수 있는 것도 당신의 격려 때문에 가능한 것이지요. 예전에 원고 청탁을 처음 받았을 때 못 한다고 거절하는 저를 당신이 옆에서 적극적으로 권하여 할 수 있도록 도움을 주지 않았다면 지금처럼 많은 글을 쓸 수 없었을 거예요. 소극적이며 내성적인 저를 가정 사역을 할 수 있도록 키워준 당신께 감사해요.

그런데 지금은 어렸을 적의 그 은혜를 잊어버리고 잘난 척하는 저를 그냥 봐주고 있는 줄 알고 있어요. 이제 나이가 들어가니 어른들이 말씀하시는 것처럼 철이 들어가는 것 같아요. 급한 성격 때문에 당신을 힘들게 했던 일들, 정말 사소한 일로 당신을 괴롭힌 일들을 반성하고 후회하고 있어요. 성격이 다른 것에 대해서는 잘잘못을 따질 것이 아니라 무조건 용납해야 하는데 나의 미숙함 때문에 당신이 상처를 받았을 거라고 생각하니 정말 미안한 마음이 가득해요. 상처는 사랑하는 사람한테 받게 되니까요. 그러나 나의 직설적인 성품을 이해하고 상처를 받지 않으려고 노력하는 당신의 성숙함에 오히려 감사할 뿐입니다.

당신에게 감사하는 아내로부터

♥   목회가 뭔지도 모르고 하나님의 부르심에 순종해야 한다는 말씀에 용감하게 나섰던 길이 여기까지 왔군요! 당신이 헌신하여 목사가 되었으니까 자동으로 사모가 된 것뿐이지, 사실은 내가 목사의 아내 자격이 있다고 생각해본 적이 없어요. 그래서 항상 미안한 마음예요.

경험도 없는 젊은 나이에 상당히 큰 신길성결교회에서 목회할 수 있었던 것은 하나님의 전적인 은혜였어요. 나이 많으신 장로님, 권사님을 비롯한 많은 교인으로부터 사랑을 듬뿍 받은 목회자였던 것 같아요. 교회는 행복하고 신나는 곳이라고 생각하며 지내던 좋은 목회지를 두고 이민목회의 부르심을 받고 이곳 LA에 와서 인생의 후반기를 보내게 된 것은 새로운 광야의 삶이었어요. 사막 기후처럼 사람들의 영혼이 너무나 메말라 힘든 목회지에서 어려운 시기를 보내기도 하였지만, 때때로 위로하시는 하나님의 손길을 느끼며 즐거운 일들도 많았었지요.

인생의 후반기를 맞이하며 우리는 새로운 꿈을 이루기 위하여 죠이휄로쉽교회를 시작하며 흥분했던 기억이 새롭네요. 그러나 이민목회가 만만치 않게 힘들다는 것을 경험적으로 깨닫게 되면서 비로소 낮아짐을 배우는 것 같았어요.

당신은 주님을 너무나 사랑하기 때문에 세상에서 당하는 그 어떤 어려움도 당신에게는 별로 상처가 되지 않는 것 같아요. 아무 욕심도 없고 세상에 대한 명예나 인정에 관심도 없이 진정 자유함을 누리며 오직 예수님 한 분으로 만족하고 사는 당신을 보면 정말 존경스럽게 느껴져요. 그러나 내 안에는 아직도 세상을 사랑하는 마음이 남아있는 것 같아 괴로울 때가 있었어요. 지나온 날의 화려함과 재미있는 세상일들에 대한 미련 때문에 자책하는 자신이 한심스러울 때가 많았어요. 그러한 저의 한심한 모습을 보면서도 한마디 비난하지 않고 조용히 지켜봐 주며 기도로 제가 변화되기를 기다려준 당신께 진심으로 감사드려요.

마르다처럼 분주하게 일을 하는 것을 즐거워하는 나의 모습과 마리아처럼 주님 발 앞에서 하나님의 말씀을 기다리며 묵상하기를 좋아하는 당신의 모습이 대조됩니다. 그러나 이제는 하나님만을 바라보아야 한다는 것을 절실하게 깨닫고 잠잠히 하나님을 바라보며 기다리는 훈련을 잘 받고 있으니 안심하세요.

당신은 나이에 비해서 항상 젊어 보이기 때문에 예전에는 '젊은 종'이라는 말을 듣기 싫어했지요! 그러나 이제는 아무도 당신을 젊다고 하지 않지만 아마도 당신의 나이를 맞히지는 못할 거예요. 예수님을 사랑하는 마음이 충만하므로 영원한 젊음을 유지할 수 있는 것 같아요. 우리는 젊을 때 예수님을 믿고 청년 사역에 관심이 많아 젊은이들을 많이 좋아했는데, 이제는 젊은이들이 우리를 좋아할 수 있도록 주님 안에서 순수한 사랑과 열정으로 살아가는 어른이 되어야 할 것 같아요. 세월이 흘러 나이가 들어가는 것은 할 수 없지만, 마음만은 젊게 살아가도록 함께 노력해요. 운동도 꾸준히 하며 체력관리도 잘하고 그림 그리기, 하모니카 연주, 중국어와 스페인어 연습도 열심히 하며 자기관리를 잘하는 당신이 멋있어 보여요.

당신의 건강을 위해서 기도하는 아내로부터

♥   제게는 마지막 학기를 남겨둔 졸업생처럼 미래에 대한 기대가 있어요. 아름다운 마무리를 잘한 후에 정말 하나님이 주신 건강과 은사로 마음껏 복음을 외치는 순회전도자의 꿈이 이루어지기 위해 기도하고 있어요. 앞으로 우리가 해야 할 새로운 일이 우리를 기다리고 있으니 오늘도 건강하게 하루를 열심히 살아야겠어요.

언제나 성실하게 열심히 사는 당신의 삶을 보면서 힘을 얻어요. 자녀들에게 존경받는 아버지가 되기 쉽지 않은 세상인데 당신은 두 아들로부터 존경받고 사랑받는 아버지일 뿐 아니라 가장 까다로운 아내한테까지 인정받으니 멋진 인생이라고 생각되지 않나요? 17년 전 신길성결교회에 담임목사로 처음 부임했을 때의 취임사를 기억하시나요? "저는 행복한 목사, 행복한 남편, 행복한 아버지가 되기를 원합니다." 당신이 원하는 대로 성도들로부터 사랑받으며 행복한 목회를 하고, 두 아들이 장성하여 아버지를 존경하며 사랑하고, 손주들까지도 할아버지를 너무너무 좋아하고, 저도 당신의 성실한 사랑에 감사하고 있으니 당신은 정말 행복한 하나님의 사람인 것이 분명해요!

당신의 사랑하는 아내로부터

♥　　젊어서는 서로 의견이 안 맞아 큰소리도 내고 때로는 삐져서 말도 안 하고 그렇게 여기까지 왔네요! 그래도 항상 당신이 먼저 이해해주고 받아줘서 풀어온 것 같아요! 팔딱거리는 성격을 잘 참아준 당신께 감사하면서 이렇게 노년을 함께 지낼 수 있다는 것이 너무나 고맙습니다.

우리가 행복하게 살던 한국에 와서 사랑하는 옛 친구들을 만나 아직 젊어 보인다는 말을 들을 때도 기분이 좋았지요? 전철을 탈 때 층계를 내려갈 때마다 붙들어 주며 힘이 되어주니 너무 고맙기도 해요.

나이가 들어가며 신체적 감각이 떨어져 조금은 답답하기도 하지요. 그래도 열심히 운동해서 노화를 지연하여 당신이 하고 싶은 사역을 마음껏 할 수 있기를 바라고 있어요. 당신이 아프지 않고 건강하게 잘 살아주는 것이 사랑의 최고의 선물이에요! 노년에 함께 있어주는 것이 서로에게 가장 큰 힘과 위로가 되고 사랑인 것 같아요. 우리 열심히 사랑합시다!

항상 당신에게 고마움을 느끼는 아내로부터

사랑의 이유

사람은 누군가를 사랑할 때에 살 만한 이유를 발견하게 됩니다.
사랑은 사람을 살려주고, 새롭게 해주며,
사랑은 의심하기보다 믿어주고, 비난하기보다는 격려합니다.
허물을 드러내기보다 감싸주고, 분노하기보다 참아주며,
사랑은 무시하기보다 인정하고, 요구하기보다 나눠줍니다.
그래서 사랑은 자기 유익을 구하지 않고, 잘난 척을 하지 않으며,
무례하게 말하거나 행동하지 않으므로, 상처를 주지 않습니다.
사랑은 친구가 어려움을 당할 때 도와주고,
남편이나 아내가 힘들어할 때 함께 있어줍니다.
곁에 있는 사람이 슬퍼할 때 위로해주고,
자녀가 실수할 때에 용서해줍니다.

사랑하는 사람 곁에는 항상 사랑받는 사람이 있고,
사랑받는 사람이 많아질 때 우리 주변이 더 밝고 건강해집니다.

안개꽃과 군밤

여자는 말하는 재미로 살고,
남자는 우쭐대는 맛에 산다고 합니다.
아내는 남편이 자기의 말에 귀를 기울여주며,
중간에 말을 막거나 방해하지 않고 끝까지 들어줄 때
자신이 사랑받고 있다고 느끼게 됩니다.
남편은 혼자 있고 싶을 때, 또는 말하고 싶지 않을 때
방해하지 않고 남편의 기분을 알아주는
아내의 센스에 고마움을 느끼며
또한, 남편에게 칭찬을 아끼지 않는 아내와 살 때
살 맛을 느끼게 됩니다.
마음 깊은 대화가 사랑 깊은 부부를 만듭니다.
요즘 많은 분이 장미 같은 정열과
팝콘처럼 튀는 사랑을 찾아다니지만,
정말 오래가고 깊이 있는 사랑은
안개꽃같이 은은하며 군밤같이 구수한 부부의 사랑입니다.

기쁨을 주는 사람

매년 새해가 되면 사람들은 많은 결심을 합니다.
올해에는 무슨 결심을 하셨나요?
사랑하는 사람들에게 기쁨을 주는 사람이 되었으면 좋겠습니다.
믿음직한 남편에게 기쁨을 주기 위하여
하루에 한 번씩 격려의 말을 합시다.
사랑하는 아내에게 기쁨을 주기 위해서는
아내의 생일과 결혼기념일을 기억해주며,
사랑한다는 말을 아끼지 맙시다.

소중한 자녀들에게 기쁨을 주기 위해서는
하루에 한 번씩 칭찬해줍시다.
외로워하는 부모님께 기쁨을 드리기 위해서는
전화를 더 자주 해드립시다.
그리고 그리운 친구들에게 기쁨을 주기 위해서는
편지를 보냅시다.
함께 일하는 동료들에게 기쁨을 주기 위해서는
가벼운 미소라도 보냅시다.
새로운 각오와 기대로
기쁨을 주고 기쁨을 누리는 한 해가 되도록 노력합시다.

아름다운 마무리

"시작이 반"이라는 말이 있지만,
"끝이 좋아야 정말 좋다"는 말의 뜻을 되새기게 됩니다.
누구나 무슨 일을 시작하기는 쉬워도
그것을 아름답게 끝맺기는 그리 쉽지 않기 때문입니다.

한 해를 보내면서 가슴 아팠던 일, 섭섭하고 서러운 일,
속상하고 억울한 일들은 잊고 용서합시다.
그 대신 고맙고 감사한 일, 그리고 가슴을 뭉클하게 한
아름다운 일들을 기억합시다.

상처는 시간이 지나면 사라지지만,
많은 사랑은 영원하다는 말이 있습니다.
수고와 슬픔은 곧 지나가지만,
선한 일을 행하고 이웃에게 베푼 사랑은
마음에 영원히 남습니다.
한 해를 마무리하면서
가장 기억에 남을 만한 사랑을 실천합시다.

따뜻한 대화

"품 안의 자식"이란 어른들의 말씀이 생각납니다.
자녀들이 성장하면서 우리 곁을 떠나갑니다.
자녀들이 우리를 찾을 때
옆에 있어주도록 시간을 냅시다.
자녀들이 우리 곁에 있을 때
따뜻한 관심과 사랑의 수고를 아끼지 맙시다.
사랑스러운 눈길로 눈을 마주치며 마음을 읽어줍시다.
친절한 말투로 자녀들에게 사랑을 전달합시다.
부드러운 손길로 자녀들의 마음을 어루만져 줍시다.
자녀들의 간절한 호소에 귀를 기울여줍시다.
무엇보다도 마음을 열고
자녀들을 이해하려고 노력하는 부모가 됩시다.

좋은 추억

모든 사람은 추억을 갖고 삽니다.
좋은 추억은 오래 간직하고 싶고,
아픈 추억은 빨리 잊어버리고 싶습니다.

긴 여름방학이 되면
가정마다 아이들과 함께 지내는 시간이 많아집니다.
아침 일찍부터 학교에 데려다주고,
또 데려오느라 쫓기지 않아도 됩니다.

이 방학 동안에 아이들은
자칫 지루하다는 말을 자주 하게 되는데,
한편 이 기간은 우리 아이들이 평생 기억할 만한
추억을 만들 수 있는 아주 좋은 기회입니다.
늘 집과 학교 주변에서만 지내던 아이들에게
여행의 기회를 주십시오.
편하고 호화로운 것보다는 낯설고 좀 불편한 여행이
더 기억에 오래 남을 것입니다.
가정은 우리의 인생에 아름다운 추억을 만드는 곳입니다.
어른이 돼도 잊지 못할 아름다운 추억을
자녀와 함께 만들어봅시다.

가장 좋은 날

어린이들이 일 년 중에 가장 좋아하는 날이 둘 있습니다. 하나는 자기 생일이고 또 하나는 어린이날이라고 합니다.

훌륭한 인물들을 많이 배출한 동네가 있다고 해서 어느 기자가 찾아갔습니다. 그리고 한 사람을 만나서 물었습니다.
"이 동네가 유명 인사가 많이 출생한 곳입니까?"
그 사람이 대답하기를 "태어날 때는 모두 어린 아기였습니다."

그렇습니다. 모든 아이는 귀합니다.

어린이는 아직 딱딱하게 굳어지지 않은 조각품과도 같아서 지금 작가가 어떻게 빚는가에 따라 그 모양이 달라지며, 아직 손을 많이 대지 않은 흰 종이와 같아서 화가가 그리는 대로 인생이 그려집니다. 모든 것이 작업 중이라는 것입니다.

에디슨도 어릴 적에는 "머리가 복잡한 아이"라는 별명을 들었고, 카루소도 어릴 적에는 그 재능을 전혀 인정받지 못했습니다. 그러나 그들을 인정해준 부모의 도움으로 발명왕이 되고, 뛰어난 성악가가 되기도 했습니다.

내일 좋은 열매를 얻으려면 오늘 좋은 씨나 묘목을 심어야 합니다. 우리가 심지 않으면 나쁜 손들이 나쁜 씨를 뿌릴 것입니다. 그리고 그들을 위해서 기다리십시오. 서둘지 말고 오래 기다려주는 부모가 되어야 합니다.

또한, 나무를 잘 관리해야 좋은 과일을 얻는 것처럼, 우리의 자녀들도 지혜로운 관리가 필요합니다. 그리고 좋은 본을 보이는 부모가 되려고 최선을 다하십시오. 그것은 정말 가치 있는 수고이며 노력입니다.

사랑하는 아버지

존경하는 아버지가 있는 자녀는 행복합니다.
아버지는 우리 모두에게 소중한 분입니다.
아버지는 우리의 삶의 방향을 가르쳐주십니다.
아버지의 넓은 가슴은 모든 것을 품을 수 있습니다.
아버지의 축복하는 한마디는 우리에게 용기와 힘이 됩니다.
약속을 귀하게 여기는 책임 있는 아버지를 우리는 존경합니다.
아버지의 권위가 사라지면
가정은 무너지고 자녀들은 방황합니다.
그러나 아버지의 마음에도 상처가 있습니다.
아무에게도 말할 수 없는 무거운 짐도 있습니다.
그래서 우리는 안타까워하고 있습니다.
아버지가 힘드실 때는 도움이 되고 싶습니다.
아버지가 외로울 때는 친구가 되고 싶습니다.
아버지가 연약할 때에는 힘이 되고 싶습니다.

가족을 위해서 자신을 다 쏟아주는 사랑하는 아버지께
격려와 위로를 보냅니다.
아버지, 힘내세요. 아버지를 사랑합니다.

사랑의 공동체

너무나 지치고 피곤하여
쉼을 누리기 위해 가정으로 돌아오면
가족들은 서로 힘들다고
불평과 짜증과 원망과 비난의 소리를 지르며
아픔을 호소합니다.
그래서 가장 사랑하는 소중한 사람들끼리
원치 않게 상처를 주며 살아가게 됩니다.
이제 서로 다투며 상처를 주는 일은 그만합시다.
가정은 사랑을 표현하고 실천하는 훈련소입니다.
우리의 가정이 상처를 감싸주며
서로 위로하고 격려하며,
섬김으로 사랑을 나누는 사랑의 공동체가 되도록 노력합시다.

행복한 시니어를 위한 10계명

1. 과거를 떠나보내세요.
2. 자녀와의 관계를 회복하세요.
3. 귀를 열고 마음으로 들어주세요.
4. 모든 일에 감사하는 습관을 가지세요.
5. 움켜쥐지 말고 주머니를 여세요.
6. 오늘을 즐겁게 사세요.
7. 꿈과 비전으로 살아가세요.
8. 홀로서기를 연습하세요.
9. 행복한 떠남을 준비하세요.
10. 성숙한 신앙으로 살아가세요.

6월 5일

주일 오후에 캘리포니아 남부에 있는 어느 교회에 가정생활 세미나 강사로 다녀왔다. 오늘 나를 데리러 오신 장로님 부부와의 만남은 즐거운 시간이었다. 처음 만난 분들인데 금세 친밀해졌다. 첫인상이 너무나 평안하더니 그분의 대화 소재는 '행복'이었다. 미국 생활을 즐기면서 긍정적으로 행복하게 살아가는 귀한 장로님이시다. 교회생활이 즐겁고 가정생활이 행복하며 자신의 직업에도 만족하고 계셨다. 두 딸은 아빠 같은 신랑감을 구하기 위해 엄마한테 조언을 구한다고 한다.

과학자이며 대기업의 부사장인 그 장로님은 자기 일도 바쁜 사람인데 하나님이 주신 행복이 너무나 커서 다른 사람들에게 나눠주어야 한다고 생각하기 때문에 교회 봉사를 열심히 하신단다. 무엇보다도 목사님을 칭찬하며 교회 자랑을 얼마나 하시는지 부러웠다. 오래간만에 정말 장로다운 장로님을 만났다는 생각이 들었다.

오늘 강의의 제목이 '사랑의 대화'였다. 그런데 강사도 그렇게 못 사는데(노력은 하지만) 강의대로 그렇게 사신다는 장로님이시다. 유머 감각이 있고 매사에 긍정적이신 정말 좋은 분을 알게 된 즐거운 만남이었다. 남편에 관해 이야기하니 자신과 잘 맞을 것 같다고 한다. 훗날에 함께 만나 좋은 시간을 보내기로 약속을 하였다. 이런 분과 만나 함께 목회하면 신나는 목회를 할 수 있겠다는 생각과 함께 그 교회 목사님은 행복하겠다는 소박한 부러움도 들었다.

6월 9일

밤늦게 들어온 남편이 몸살기가 있다고 약을 찾는다. 요사이 너무나 앞뒤로 스트레스를 받더니 병이 난 것 같다. 온종일 회의와 사람들에게 시달림을 받고 저녁에 새신자반 강의를 마치고 돌아온 남편을 보니 안쓰러운 마음이 든다. 어제 할 이야기가 많다고 만나자고 전화하던 이 장로와의 대화가 궁금하지만, 말 시키는 것도 피곤할 것 같아 입을 열지 않았다.

목사는 그저 만나자고 하는 사람은 다 만나주어야 하니……. 특히 장로님이 만나자고 하면 예외가 있을 수 없으니. 만일 사람 만나는 것을 싫어하는 사람이라면 목사가 되어서는 안 될 것이다. 강단에서는 마음껏 설교할 수 있어도 개인적으로 교인들을 만날 때는 항상 귀를 기울여주어야만 한다. 말을 많이 하는 사람일수록 남의 말을 듣는다는 것이 결코 쉬운 일이 아니다. 특히 목사들이 남의 말을 귀 기울여 듣는다는 것은 힘든 일이다.

지쳐서 쓰러져 잠든 남편의 얼굴을 들여다보니 마치 잠든 아들을 보는 엄마의 심정처럼 안쓰러움을 느낀다.

6월 12일

시어머니께서 "자식이 큰 상전이다"라고 하신 말씀이 생각이 난다. 마음 상하지 않게 기분 나쁘지 않게 조심스럽게 대하려고 노력은 하지만 정말 자녀교육 마음대로 되지 않는다. 아이들이 싫어하는 '잔소리'를 하지 않는 멋있는 엄마가 되기가 정말 어렵다. 말도 잘 하지 않고 짜증을 내는 아이들과 즐겁게 지낼 방법을 생각해봐야겠다.

그런데 아이들이 좋아하는 대로만 해줄 수도 없는 일이고 그렇다고 부모의 생각대로 강요만 할 수도 없으니 답답하다. 한국은 너무나 아이들을 조여서 놀 시간이 없더니 여기는 너무 풀어놓는 것 같아 시간을 어떻게 보내야 할지 고민이다.

친구들과 마음대로 놀지 못하는 환경이 아이들을 더욱 외롭게하는 것 같다. 한국에서 끈끈하게 붙어 다니며 재미있는 시간을 보내던 것을 아쉬워하며 그리워하는데 그 자리를 TV 보는 것으로 메꾸는 것 같아 신경이 쓰인다. 애매하고 까다로운 사춘기를 잘 맞이하고 보낼 수 있기를 기도할 수밖에 없는 것 같다.

그런데 아이들보다 내가 더 문제가 되는 것은 아닌지 모르겠다. 좀 느긋하게 생각해도 될 것을 너무 예민하고 심각하게 반응을 보여 오히려 문제를 만드는 것인지 주님께 상담을 받아야겠다. 아이들만 사춘기가 아니라 나도 중년의 사춘기를 맞이하는 것 같다.

"주님! 저의 마음을 붙잡아 주시고 내가 미치지 못할 기이한 일을 힘쓰지 않도록 제 심령을 고요하고 안정되게 해주세요!"

6월 15일

오늘도 어김없이 매주 올라가는 기도원으로 떠나는 그를 바라보며 부러운 마음이 든다. 이렇게 궂은날 구태여 비를 맞으며 기도원을 가는 그의 성실함이 존경스럽다. 나 같으면 꾀를 부리고 게으름을 부리며 날씨 탓이며 바쁘다는 핑계를 대며 이런 이유 저런 이유를 붙여 여러 번 빠졌을 것 같은 생각이 들기 때문에 그의 꾸준함이 대견스러워 보인다. 때로는 내가 가지 말라고 꼬일 때도 있는데 절대로 양보하지 않는 남편의 고집스러움이 마음에 든다. 아마 하나님도 그러한 남편을 기뻐하시며 친밀한 만남을 주시는 뜨거운 비밀이 있을 것이다.

일주일 동안 열심히 뛰며 많은 사람을 만나며 여러 가지 복잡한 일을 하다가 목요일 오후만 되면 바람같이 사라지는 그에게는 아마 가장 즐거운 시간일 것이다. 가장 사랑하는 분을 만나서 자기의 마음을 다 털어놓고 위로와 용기를 얻기도 하며 회개와 새로운 다짐을 하기도 하겠지! 기도원만 떠나면 연락이 끊어지니 때로는 아쉽기도 하고 답답하기도 하지만 하나님과의 만남을 방해하거나 불평을 할 수가 없다.

6월 18일

오늘 《기도로 세계를 움직이라》의 저자이며 국제 오엠에스 선교회 총재였던 웨슬리 듀엘 박사가 와서 설교하셨다. 79세라고는 믿어지지 않는, 나이를 의식하지 않는 노년의 아름다운 삶이다. 지난 달에 오신 엘마 길보른 선교사도 76세였지만 얼마나 힘있게 설교하셨는지 많은 교인이 감동하고 그 자리에서 선교헌금을 작정하는 아름다운 모습을 보기도 하였다. 나이와 상관없이 자신이 하고 싶은 일을 마음껏 할 가능성을 보며 노인 천국이라는 미국의 저력을 생각하게 된다.

그에 비하면 우리나라는 너무 일찍 은퇴를 하게 된다. 너무 빨리 변하며 서두르는 삶에서 많은 여유를 잃어버리는 것이 아닌가 하는 반성을 하게 된다. 60세만 넘으면 본인의 의사와 상관없이 뒤로 물러나야 하는 압력을 받게 되므로 사회적으로도 큰 손실이라고 생각된다. 빠른 속도로 변하는 진보적인 발전은 바람직하지만 뭔가 깊은 힘이 상실되어 가는 것 같다. 젊음이 좋다고 부르짖던 내가 요사이 노인에 대한 관심이 커진 것을 보니 나도 벌써 나이가 들어가는 것일까?

6월 19일

여름 학기에 내가 관심이 있는 과목이 있어 후배 사모와 함께 클래스를 들으러 학교에 갔었다. 남편이 다니던 캠퍼스를 10년 만에 거닐면서 남편의 유학 시절 추억이 새로웠다. 10년 후에 이렇게 다시 내가 걸어 다닐 수 있으리라는 생각은 상상도 하지 못했다.

하나님은 참으로 멋쟁이시며 한편 짓궂으신 분이라는 생각을 하였다. 그때에는 그렇게 기도해도 보내주시지 않더니 지금 이러한 좋은 환경을 허락해주신 것을 생각하면 너무나 감사하다. 비록 영어가 어려워 내용을 다 알아듣지는 못했지만, 석학들이 공부하는 분위기에 함께 참여할 수 있었던 것이 좋은 경험이 되었다.

자유롭게 질문하며 여유 있게 반응을 보이는 학생들과 교수의 분위기가 편하게 느껴졌다. 넥타이와 정장이 아닌 남방 셔츠를 입은 교수나, 편한 대로 입은 학생들의 모습을 보면서 한국에서 대학원에 다닐 때와 비교가 되었다. 외모에 대해 남의 시선을 의식하지 않는 이곳 사람들과 비교하면 우리 한국 사람들은 격식을 중요하게 생각한다.

영어가 딸려서 질문을 마음대로 하지 못하는 이유도 있지만, 논리성이 부족하여 토론에 약하다는 한계를 느꼈다.

6월 21일

오늘은 막내가 중학교를 졸업하는 날이다. 형의 감색 양복을 입고 넥타이를 맨 모습이 마치 새신랑처럼 멋있어 보인다. 흰 드레스를 입고 머리에 꽃을 단 여학생들과 함께 나란히 입장하는 남학생들이 아주 의젓해 보인다. 교장이 직접 사회를 보며 263명의 졸업생에게 일일이 졸업장을 나눠주었다.

추운 겨울에 졸업식을 하던 한국과는 대조적이다. 뜨거운 6월 오후에 졸업식을 정성스럽게 준비한 선생님들께 감사한 마음이 들었다. 졸업식이 끝난 후 밤에는 선생님들의 보호 가운데 학생들을 위한 파티가 밤늦게까지 있었다. 학교에서 전적으로 책임을 지고 학생들에게 관심을 쏟는 것을 보며 청소년 문제에 대한 예방의 교육제도가 정말 부러웠다.

형보다도 더 키가 커진 점잖은 모습이 너무나 대견하였다. 할머니께 사진을 보내드려야겠다. 얼마나 흐뭇해하실까?

6월 25일

주일 아침 일찍 준비하면서 45년 전에 일어났던 비극의 6·25를 생각하니 내가 살아있다는 사실이 새삼스럽게 귀하게 느껴졌다. 그때 나는 어머니의 배 속에 있었다. 만삭이신 어머니께서 얼마나 당황하시고 놀라셨을까? 그때 하도 놀래서 지금도 겁이 많고 잘 놀라는가 보다. 전쟁 중에 태어나서 죽지 않고 지금까지 살아서 하나님의 은혜를 받고 살아간다는 사실에 감사한 생각이 들었다.

자녀를 키우면서 힘들 때마다 어머니를 생각하면 다시 힘을 얻게 된다. 그 전쟁을 겪으면서 어려운 환경 가운데서도 여섯 남매를 바르게 키워주신 어머니의 은혜를 생각하니 오늘 더욱 어머니가 보고 싶고 눈물이 난다.

지금은 천국에 계시기 때문에 대화가 불가능하고 당시에도 전화로는 이 사랑의 마음을 다 전할 수 없어서 그 감사한 마음을 편지로 전했다. 쓸쓸한 노년에 기쁨을 드리기 위하여 편지를 자주 드릴 걸 그랬다. 바쁘다는 핑계로 어머니가 살아계실 때에 소홀한 것이 너무나 죄송하다. 부모가 자식을 생각하는 만큼 자식은 부모를 생각하지 못하는 것 같다.

6월 28일

늦은 밤인데 남편이 딱한 상담 전화라면서 수화기를 넘겨주었다. 남편한테 매를 맞고 울면서 남편이 잠든 사이에 전화한 것이다. 그 부부는 신앙도 있으며 교회생활에도 열심이란다. 신앙 있는 남편인데 어찌 그럴 수가 있는지 자매가 너무 불쌍하단 생각이 들었다.

아직 젊은 부부이며 자녀도 없으니 이혼을 생각하는 자매의 마음에 공감하게 된다. 시부모는 남자가 그럴 수도 있다고 하며 별로 심각하게 생각하지 않는단다. 시어머니의 그러한 잘못된 생각 때문에 얼마나 많은 며느리가 억울한 폭행을 당하고 있는지 모른다. 비합리적인 문화의 뿌리가 많은 가정을 허물어가고 있다.

여러 해 동안 가정문제 상담을 하면서 느끼는 것 중의 하나는 아들을 잘 키워서 아내를 사랑할 줄 아는 사람이 되게 하여야겠다는 것이다. 미국에서 '언약의 일꾼들(Promise Keepers)'이라는 운동이 일어나고 있었다. 이 모임은 아버지들이 영적으로 변화되어 올바른 지도자가 되자는 영적인 운동이다. 처음에 7명의 아버지가 기도회로 시작하였는데 어느 해에는 미국 각 지역에서 50만 명의 남자들(아버지와 아들)이 모였다고 한다. 미국의 영적 회복의 마지막 기회로 기대하는 사람들도 있다. 하나님이 부여하신 지도자의 자리를 찾기만 한다면 우리의 가정은 회복될 것이며 사회와 세계는 변화될 것이다.

행복 에너지

♥   80세가 넘으신 작가 선배님을 만날 때마다 글을 쓰라는 권면을 건성으로 들었다. 이제 내가 뭘 어떻게 할 수 있을까 하는 소심함으로 나는 소극적이었다. 그런데 행복 에너지가 생기니까 이렇게 글을 쓸 수 있게 된 것이다. 내가 생각해도 너무 놀라운 발전이다.

남편도 내 글을 읽어주며 점점 좋아지고 있다고 격려하며 칭찬을 아끼지 않았다. 칭찬과 격려가 이렇게 행복 에너지를 발생하게 될 줄 몰랐다. 샘솟는 행복 에너지가 끊이지 않고 생긴다면 글쓰기 작업도 계속할 수 있겠다는 자신감이 생긴다.

분주함은 사람을 긴장하게 만들고 조급함은 불편한 관계를 초래한다. 서두름은 실수를 연발하게 한다. 반면 신중함과 여유로움은 든든한 관계를 이루어가게 만든다.

실수를 했을 때 주위의 반응에 따라 사람들은 상처를 받게 된다. 특히 어렸을 때 부모로부터 꾸중을 많이 들으면 주눅이 들어 자신감을 잃는다. "괜찮아!"라는 말을 자주 듣고 자란 사람은 긍정적이다. "안 돼!" "No!"를 많이 들은 사람은 당연히 부정적이고 소극적일 수밖에 없다.

긍정 에너지를 받으려면 이해와 용납과 지지가 있어야 한다. 사람은 말 한마디에 삶이 바뀌는 연약한 존재이다. 사람은 말로 깊은 상처를 받지만 하나님의 능력의 말씀으로 새롭게 고침을 받는다. "내가 너를 치료하며 네 상처를 낫게 하리라"(렘 30:17)라는 말씀으로 많은 사람들이 치유를 받기도 한다.

미국 9·11 사건 때 위급한 상황에서 전화기를 통해 했던 마지막 말의 대부분은 "사랑한다"는 내용이었다는 기사를 본 기억이 난다. 우리는 사랑을 받아야 정상적인 사람이 될 수 있다. 마땅히 받아야 할 사랑을 받지 못한 '사랑 결핍증' 환자들이 많은 사회는 건강할 수가 없는 것이다. 우리에게 잘 알려진 노래 〈당신은 사랑받기 위해 태어난 사람〉이 많은 사람들의 사랑을 받는 이유는 공감을 주기 때문이다.

> "내가 무궁한 사랑으로 너를 사랑하는고로 인자함으로 너를 인도하였다."
>
> (렘 31:3)

행복 에너지는 복의 근원이신 하나님으로부터 온다. 성경은 "하나님의 사랑이 우리 마음에 부은 바 됨이니"(롬 5:5)라고 말한다. 우리 마음속에는 사랑이 항상 흐르고 있다. 우리는 그의 손길로 지어진 사랑 덩어리이다. 우리 안에 거하는 그분의 사랑으로 살아가야 할 존재이다.

하나님으로부터 부은 바 되는 생기를 잃게 되면 행복 에너지는 사라지고 만다. 살아있는 사랑의 생기가 말라지면 삶의 의욕을 잃게 된다. 그 사랑을 잘 보존하고 지켜야 행복할 수 있다. 사랑한다는 말을 자주 듣고 사랑을 경험하면서 사랑으로 양육되면

행복 에너지를 보전할 수 있다. 그런데 부정적인 악한 말들로 상
처를 받게 되면 행복 에너지는 고갈되고 만다. 기력이 쇠하여진
다는 말은 바로 행복 에너지가 말라간다는 뜻이기도 하다.

　나이가 들어갈수록 행복 에너지를 충전해야 한다. 위로와 격려
의 말, 칭찬, 사랑의 따뜻한 손길로 애정을 표현한다면 행복 에너
지는 충만해질 것이다. 위로부터 내려오는 무한한 사랑의 충만한
에너지가 흘러넘치는 인생은 복되도다!

　　"우리가 아직 죄인 되었을 때에 그리스도께서 우리를 위하여
　　죽으심으로 하나님께서 우리에 대한 자기의 사랑을 확증하셨
　　느니라."

(롬 5:8)

♥　세상이 변하여 이제는 100세 시대를 살게 되었다. 은퇴하고 남은 인생에 대해 준비하지 않으면 인생의 마지막이 힘들어질 수밖에 없다. 남은 인생을 의미 있고 재미있게 보내도록 새로운 일을 찾아야 한다. 그동안 아무리 잘 살아왔다고 해도 마무리가 허술하면 불행한 인생이 될 수밖에 없기 때문에 행복한 결실을 위해 지금부터 새로운 도전을 하려고 한다.

노년의 통합적인 에너지를 선교지에서 보내는 귀한 시니어 선교사들의 삶도 너무나 아름답다. 그동안 위로부터 받은 은혜를 이제는 주위 사람들에게 나누어주며 섬기는 삶으로 마무리를 해야 할 것 같다. 내가 가장 잘하고 또 제대로 할 수 있는 은사(재능)로 너무 무리하지 않고 욕심내지 말고 겸손함으로 순수하게 섬기기를 원한다. 노년을 위한 공부를 하면서 배운 것을 함께 나이 들어가는 분들에게 전달하고 나누는 사역을 기쁨으로 섬기려고 한다.

품위 있게 나이 들어가기 위해 배워야 한다. 나이가 들어간다고 다 성숙해지는 것은 아니다. 늙음과 어른됨을 구별해야 한다. 어른됨은 모범을 보이는 것이다.

자기 방식만 주장하여 사회적 적응을 못 하는 노인이 되지 않도록 절제해야 한다. 참견이나 잔소리보다는 격려와 지지를 해주는 세련된 어른이 되도록 노력해야 존경받는 어른이 될 수 있다.

젊은 사람들에 대한 이해와 배려로 참아주고 타인에게 폐를 끼치지 않아야 한다. 목소리를 낮추고 말수는 적을수록 품위를 지킬 수 있다. 자신과의 싸움을 게을리하지 않아야 멋있게 늙어갈 수 있다. 저절로 열매를 맺는 인생은 없다.

아무리 꿈을 갖고 새롭게 살아가겠다고 마음의 다짐을 해도 건강하지 않으면 물거품 같은 꿈이 되어버린다. 나이가 들수록 건강관리에 신경을 쓰고 운동을 꾸준히 해야만 꿈을 이루어갈 수 있다.

얼마 전에 친구 목사님이 은퇴하고 자전거 여행에 도전하여 이제는 미국에서 멕시코를 거쳐 칠레까지 저전거로 세계여행을 계획한다고 하여 정말 놀랐다. 비록 머리카락은 많이 빠졌지만 청년 같은 다부진 몸매와 탄탄한 허벅지의 힘으로 그 꿈을 이루시는 모습이 정말 대단해 보였다. 무모한 도전 같지만 철저한 준비와 훈련으로 멋있는 노년의 시대를 이루어가는 것으로 보인다.

88세가 된 워렌 버핏은 자기가 하는 일을 좋아하고 함께 일하는 사람들을 사랑하기 때문에 아직도 일을 하고 독서를 즐기며 행복한 노년을 맞이하고 있다고 고백했다. 세계적인 부자이지만 햄버거로 점심을 먹으며 소소하게 자신의 일상을 즐거워하면서 건강하게 살아가는 행복한 노인인 것 같다.

품위 있게 늙어가기 위해 배우는 일을 멈추지 말고, 새로운 변화에 적응하도록 새로운 문화에 관심을 갖고, 젊은 사람들과의 대화에도 귀를 기울여야 한다. 4차 산업혁명 시대에 인공지능, 로 봇의 사용은 노인들에게 벅찬 스트레스를 주기도 한다. 스마트폰의 시대에 수많은 정보의 홍수 속에서 뒤떨어지지 않으려면 배우는 노력을 할 수밖에 없다.

한국에는 좋은 강의들을 들을 수 있는 기회가 많다. 부지런한 발걸음으로 여기저기 다니면서 나에게 필요한 지식들을 선택해서 들을 수 있는 재미가 있다. 시간의 여유를 만끽하며 서점을 방문하여 많은 책들을 통하여 간접경험을 하는 것도 노년의 즐거움을 준다. 독서를 통해 세계여행도 할 수 있고 좋은 취미생활을 찾아 유익한 시간들을 보람 있게 지내는 즐거움을 누릴 수 있다.

그동안 축적해온 지혜와 갖고 있는 숙련된 기능으로 우리의 손길을 기다리는 사람을 찾아 도움을 줄 수 있다면 나의 삶은 너무나 보람되지 않을까 생각된다.

행복한 여행

♥　　시간에 쫓기던 삶에서 은퇴하니 제일 좋은 것이 느긋하고 여유 있는 생활이다. 미국에 살면서 그 넓은 대륙을 횡단하는 꿈을 실현하기 좋은 시절이 온 것이다. 사실 미국 대륙을 횡단하는 것은 많은 이들의 버킷리스트 중의 하나이다.

서부 캘리포니아에서 출발하여 중부를 지나 동부의 뉴저지 언니네서 며칠 쉬고, 북부를 통과하여 시애틀 친구네서 하룻밤을 묵으며 행복한 시간을 가졌다. 그리고 다시 남쪽으로 내려오다가 연로하신 아저씨 댁을 방문하고, 그렇게 20여 일 동안 크로스컨트리(cross-country)를 한 것이다.

아저씨를 그때 뵌 것은 결국 마지막 만남이 되었다. 그 다음 해에 그분의 장례예배를 드렸다.

오이지무침, 무장아찌, 멸치볶음, 깻잎장아찌, 김 등의 밑반찬과 김치볶음, 쌀과 함께 심심함을 달래줄 스낵, 과자 등도 준비하고 간단한 옷들을 챙겨 뒷자리에 잔뜩 싣고는, 드디어 떠났다.

남편은 차를 정비하고 기름을 꽉 채우고 지도를 챙기며 약간은 긴장했다. 과연 그 먼 길을 혼자 운전하여 다녀올 수 있을까 걱정을 했지만 용감하게 잘 해내었다. 사실 긴장은 되었지만 새로운 도전에 흥분하여 출발한 것이다. 그리고 다녀온 후에는 만나는 사람들마다 8,350마일(약13,300킬로미터)을 운전했다는 사실을 자랑하며 자신감을 보였다.

여행 중에 날이 어두워지면 숙소를 찾아 저녁을 간단하게 먹고 푹 쉬었다. 아침에 일어나면 작은 전기밥솥에 밥을 해갖고 나와 차 안에서 먹기도 하고 지나다가 공원에서 야외 식사를 즐기기도 했다. 한국 같으면 휴게소에서 맛있는 음식을 먹는 재미가 있을 텐데 미국은 햄버거와 샌드위치 외에는 먹을 만한 음식이 별로 없는 것이 정말 아쉬웠다.

휴게소에서 잠시 쉬기도 하고 넓은 잔디밭이 있는 곳에 차를 세우고 스트레칭도 했다. 아침에 출근하는 것처럼 호텔을 나와 하루 종일 달리다가 저녁이 되면 퇴근하는 것처럼 숙소에 들어가 피곤을 풀었다. 하루에 8시간 이상 차 안에 앉아서 심심풀이 과자들을 먹으니 그 덕에 10파운드가 늘어나는 불상사(?)도 발생했다. 다녀온 후에는 다시 살을 빼느라 힘겨운 후유증을 겪기도 했다.

그렇게 미국의 20개 주(states)를 다니며 정말 다양한 환경과 색다른 문화를 경험했다. 운전하다가 멋있는 경치를 보면 멈추어서 쉬기도 하면서 자연의 아름다움을 마음껏 즐기는 호사를 누렸다. 가도 가도 끝이 보이지 않을 것 같은 허허벌판을 지나기도 하고 엄청나게 넓은 갈대숲을 통과하기도 했다.

매일 멋진 풍경과 함께 우리 모습을 스마트폰으로 찍어 아들들에게 전송을 하니 자연적으로 소통이 되었다. 차 안에서 단둘이만 있다 보니 옛날 이야기로 재미있게 웃기도 했지만 섭섭한 마음을 털어놓는 좋은 힐링의 시간이 되기도 하였다. 서로에게 미안하다고 고백하며 함께 울기도 하고 공감을 할 수 있는 좋은 기회였던 것 같다.

다녀온 후에 아들이 우리가 혹시 싸우지 않았느냐고 물어볼 때 우리도 놀랐다. 집에서는 종종 다투기도 하는데 여행 중에는 한 번도 큰소리 내고 싸우지 않았다는 것은 기적 같은 놀라운 사실이었기 때문이다.

그동안 바쁘게 살아오면서 조급함과 서두름으로 서로에게 여유를 보이지 못한 미숙함이 너무 미안했다는 생각이 든다. 이제 나이가 들어 뒤를 돌아보며 지금부터라도 함께 성숙한 노년이 되기 위해 서로 양보하고 이해하며 존중해주는 부부로 성장해가야겠다는 다짐을 해본다.

"늙어도 결실하며 진액이 풍족하고 빛이 청청하여……."

(시 92:14)

행복한 외로움

♥　　누구나 언젠가는 혼자가 되는 것이 인생이라고 했다. 사람은 늙어가면서 건강, 돈, 일, 친구, 꿈 등을 상실해가면서 살아간다. 리빙스턴은 "노년에 낼 수 있는 마지막 용기는 외로움을 품위와 의지로 견뎌내는 것이다"라고 했다.

우리가 원하든 원하지 않든 이제는 '9988234'라는 말이 실감이 되는 시대가 왔다. 99세까지 팔팔하게 살다 2~3일 아프다가 죽는 것이 노인들의 바람이라고 한다. 노인들은 살아있는 남은 인생을 어떻게 지내야 할지 각자 고민해야 한다.

자식들에게 의지하지 않고 스스로 독립적인 삶을 살아야 본인도 행복하고 자녀들도 편안하게 살아갈 수 있다. 내 인생을 스스로 살아가야 한다. 그래서 이제는 혼자 지내는 연습을 하고 적응해야 한다.

몇 년 전에 생전 처음으로 혼자 울릉도를 여행한 적이 있다. 한 번도 시도해보지 않은 색다른 경험을 한 것이 새록새록 새로운 자신감과 좋은 추억으로 남아있다. 혼자 즐길 수 있는 자유를 만끽하며 나는 나하고 제일 마음이 잘 맞는 즐거운 여행을 멋지게 한 것 같다. 소위 '혼행'이라는 것을 시도해본 것이다.

혼밥도 즐길 줄 안다. 혼자 영화도 잘 본다. 다른 사람의 시선에 상관없이 스스로 즐거움을 누린다.

"인간 속에는 하나님이 아니면 채울 수 없는 영적 공백이 있다.

그것이 바로 고독이다."(파스칼) 나의 영적 공백은 하나님으로 채워졌기 때문에 고독을 즐거움으로 누릴 수가 있는 것 같다.

인간은 그 누구라도 마지막에는 혼자다! 외로움을 눈물이나 서러움으로 보내지 않도록 고독과 싸워 이겨내는 용기와 지혜가 필요하다. 나이가 들수록 너무 심각해지지 말고 유머 감각을 키워 재미있게 살아가야 한다. 노년만의 행복에 만족하고 즐기자! 노년의 너그러움, 넉넉함, 여유로움, 따뜻함, 지혜로움, 신중함, 노련함을 담아 노년다운 원숙함을 보여주어야 한다.

노년의 가치는 우리가 스스로 지켜나가야 한다. 나이가 들었다고 해서 다 성숙해지는 것은 아니다. 노년의 품격은 지금까지 하루하루 살아온 결과이다. 곱게 늙어가도록 말조심도 하고 교양 있게 에티켓을 지킬 줄 아는 센스를 잃지 말아야 한다.

나이를 먹어가면서 새로운 친구를 사귀는 것도 외로움을 극복하는 데 도움이 된다. 꾸준한 우정을 위해 서로 배려하고 예의를 지켜야 한다.

"울지 마라. 외로우니까 사람이다. 살아간다는 것은 외로움을 견디는 일이다."(정호승 〈수선화에게〉) 홀로 있어 괴로운 외로움을 홀로 지내는 즐거움으로 바꾸는 노력을 시도해보자! 그것을 작가는 '따뜻한 외로움'이라고 표현하였다. 따뜻한 외로움에 고요히 머물러 보내는 법을 배워보자!

큰형부가 갑자기 돌아가신 후에 언니가 너무 오랫동안 심한 우울증으로 고생하는 것을 옆에서 지켜보며 안타까웠다. 아무리 사랑하는 자녀들이라도 혼자 지내는 연습을 하지 못하고 외로움과 고독으로 가슴앓이를 하는 엄마에게 도움을 줄 수가 없기 때문이다.

외로우면 사랑을 나누라고 했다. 주위에 사랑의 손길을 기다리는 사람들이 있다. 자기연민에 빠지지 말고 도움이 필요한 사람, 나보다 더 연약한 사람들에게 눈길을 돌리면 어느 사이에 그 깊은 우울에서 빠져나오게 된다.

나보다 어려운 사람들을 섬기다 보면 자신의 새로운 모습을 찾게 된다. 위로부터 새로운 힘을 공급받게 된다. 다른 사람을 돕는다고 했지만 사실은 자신이 먼저 도움을 받는 경험을 하게 될 것이다.

"내가 늙어 백수가 될 때에도 나를 버리지 마시며……."(시 71:18) 하나님의 말씀으로 위로와 새 힘을 얻고 외로움을 이겨낼 수 있는 신앙의 필요성이 노년이 될수록 더욱 절실하다.

> "그가 친히 말씀하시기를 내가 과연 너희를 버리지 아니하고 과연 너희를 떠나지 아니하리라."
>
> (히 13:5)

행복한 고통

♥　　얼마 전에 '하늘공원'이라는 시설에 다녀온 적이 있다. 예전에는 고아원이라고 했지만 지금은 아동양육시설이라고 부른다. 부모가 있는 아이들도 있기 때문인 것 같다. 원장님과 식사를 하면서 예전에 힘들고 고생스러웠던 일들을 함께 나누며 가슴이 찡해졌다. 86세가 된 원장님의 그동안 아이들을 섬겨온 세월을 뒤돌아보니 고난의 행군 같았다는 생각이 들었다. 사모님은 지금 폐암으로 투병 중에 계시면서도 환하고 밝은 얼굴로 어려웠던 시절들을 웃으며 이야기하셨다.

그곳에서 예배를 드리고 아이들과 식사를 하는데 김칫국에 조기구이, 오이무침, 김부각, 두부조림 등 반찬이 너무나 맛있고 훌륭하여 두 그릇이나 비웠다. 그러면서 예전에 아이들은 많고 먹을 것은 없어서 소금에 절인(고춧가루가 없어서) 배추만 먹이던 시절의 가슴 아픈 이야기를 나누었다. 그런데 지금은 오히려 아이들이 음식을 남겨서 버리게 될 때 너무 아깝다는 말씀을 하셨다.

지금은 너무나 좋은 세월을 맞아 모든 것이 풍요한 시대이다. 우리는 배고픔이라는 단어를 실감하지 못한다. 외려 배고플 틈을 주지 않는 것이 문제인 것 같다. 주위에 먹을 것이 너무 많아 위가 쉴 틈을 주지 못한다. 어찌 그리 맛나고 먹음직한 먹거리들이 많은지 그것을 사양하고 거절하기가 너무 힘들다. 유혹을 뿌리치지 못하고 혀의 달콤한 맛에 이끌려 잔뜩 먹고는 이제 체중조절을 위하여 다이어트를 해야 한다고 수선을 떤다.

배고픈 시절이 엊그제 같은데 이제는 배부르다고 마구 남기고 버리고 귀한 줄을 모르는 아이들의 철없음을 보면 안타깝기만 하다. 너무 먹어 살이 쪄서 비만에 걸린 아이들도 적지 않다고 한다. 정서적으로 사랑의 결핍을 먹는 것으로 대체시키는 경우도 있지만, 많은 경우 부모들의 훈련 부족인 탓도 있을 것이다. 이제는 영양 결핍이 아니라 영양 과잉의 시대이다. 못 먹어서 걸리는 병보다 너무 많이 먹어 걸리는 병이 더 많다.

많은 부모들이 맛있는 음식을 잘 먹이는 것이 자녀에 대한 사랑이라고 생각한다. 아이들이 굶기라도 하면 큰일이 나는 줄 안다. 예전에 우리 아이들이 어렸을 때 밥을 안 먹는다고 따라다니면서 먹이다가 부모님께 꾸중을 듣기도 했다. 사흘 굶어도 죽지 않으니 그냥 놔두라고 하셨다. 아마 지금 그런 얘기를 하면 난리가 날 것이다.

아이들에게 배고픔의 고통을 허락하는 것이 쉽지 않지만 자녀들에 대한 진정한 사랑이 무엇인지 한번 생각해볼 일이다. 배가 고파봐야 음식의 귀함을 알게 되고 배고픈 어려운 사람들의 입장도 생각할 수 있지 않을까? 너무 많이 먹고는 살 빼는 약 같은 것을 먹고 땀을 뻘뻘 흘리며 운동을 해야 하는 고통보다 약간 덜 먹고 배고픈 경험을 통해 절식하는 법을 배우는 것이 더 나을 것 같다.

먹을 것이 없어서 못 먹는 것이 아니라 먹을 것이 너무 많은데 그것을 먹지 않는 고통이 더 참기 어렵다. 자기절제 훈련이 없이는 불가능할 것이다. 그것은 자신과의 싸움이다. 식욕을 다스리지 못하는 사람은 성욕도 다스리지 못한다. 너무 풍요한 이 사회가 왜곡된 성문화를 부추기는 현실도 참으로 안타깝다.

고난을 모르는 자녀들의 세대가 어떻게 이 험난한 세파를 견뎌낼지 걱정이 앞선다. 우리가 그들을 위해서 할 수 있는 것은 기도밖에 없다는 생각이 든다.

"너희는 나를 위해 울지 말고 너희와 너희 자녀를 위해 울라."

(눅 23:28)

행복한 여유

"내가 너희를 쉬게 하리라."

(마 11:29)

♥ 많은 사람들이 쉴 줄을 모른다. 열심히 일을 해야 하지만 쉴 줄도 알아야 한다. 그런데 사람들은 쉬면 게을러 보이고 노는 것 같아서 마음이 편치 못한 것 같다. 일중독은 사람을 병들게 할 수 있다.

나도 일 중심으로 살아왔기 때문에 일하지 않는 사람을 보면 한심하게 생각하기도 했다. 책임감이 강한 나는 일을 두고 보지 못할 뿐 아니라 그냥 지나치지 못하여 주위 사람들을 피곤하게 하였다. 가족들에게 잔소리를 하다 보면 분위기가 썰렁해진다. 조금 지저분하고 마음에 들지 않아도 그냥 좀 봐주지 못하니 불편하게 느껴졌을 것이다.

그런데 이제는 좀 달라졌다. 아들네 가서 설거지통에 그릇이 쌓여있어 지저분해도 못 본 척하고 그냥 넘어간다. 깨끗하게 정리된 분위기도 좋지만 잔소리 때문에 관계를 망가뜨리면서까지 청결을 따질 필요는 없다고 생각을 바꾸었다. 나이가 드니 마음이 관대해졌나 보다.

완벽주의적인 성격과 일 중심의 삶은 스트레스가 많다. 피곤한 인생을 살다 보니 결국 암이라는 병에 걸린 것도 같고, 급한 성격으로 항상 분주히 뛰어다니다가 발목이 부러져서 고생을 하기도

했다. 병을 앓고 나니 마음도 비우고 삶의 우선순위도 바뀌게 되었다.

삶의 태도도 변하였다. 무슨 일이든지 확실하게 매듭을 지어야 하고 안 되면 될 때까지 해야만 하는 습관에서 벗어나 많은 것을 내려놓는 여유를 배우게 되었다. 이제는 안 되면 "그럴 수도 있지!" 못 하면 "할 수 없지"라고 포기도 잘한다.

내가 변하니까 주위 사람들도 편해지는 듯하다. 이제는 못마땅한 일도 적당히 넘어가고 관대해져 용서도 쉽게 할 수 있는 여유가 생긴다. 마음을 비우는 것을 배우고 있다. 비우니까 가벼워지고 새로운 여유와 관용으로 채울 수 있게 된 것 같다.

뒹굴뒹굴 누워서 게으름을 피워보는 사치도 누려본다. 사다 놓고 읽지 않은 책들, 보고 싶은 많은 책들을 마음껏 읽을 수 있고 쓰고 싶은 글들을 생각날 때마다 일어나 쓸 수 있는 자유함의 축복을 즐긴다. "왜 이리 좋노!" 듣고 싶은 음악도 항상 들을 수 있는 여유로운 환경이 감사하다.

이제는 진짜 쉴 줄 안다. 한가로움과 게으름을 구별할 줄 안다. 쉼이 좋다는 것을 실감하며 즐긴다.

이제 먹는 욕심은 사라져간다. 확실히 나이가 드니 먹는 양도 줄어들고 소식을 즐기게 된다. 화려한 외식보다 집에서 뚝배기에 둘이 먹을 밥만 따뜻하게 해서 간단한 반찬으로만 먹어도 밥이 없어지는 것이 안타까울 정도로 꿀맛이다.

노년이 되면 산책을 즐길 수 있는 동네에서 살면 좋을 것 같다. 한국에는 둘레길이라는 좋은 산책로가 있어 아주 좋다. 음악을 들으면서 걷는 길의 쾌적함도 즐겁다. 그래서 그런지 나이가 들어가는 것은 결코 나쁘지 않다는 생각이 든다. 시간이나 스케줄에 쫓기지 않고 일상의 넉넉함에 인심도 좋아지는 것 같다. 이제는 급하게 뛰지 않으려고 약속 시간보다 한 시간 이상 일찍 준비한다. 시간에 인색하게 지내던 젊은 시절의 야박함이 후회가 된다.

　사람들과 푸근한 노년을 나누고 싶다. 이것이 소소하지만 확실한 행복이라는 '소확행'이 아닐까!

행복한 추억

♥　　몇 년 전에 캘리포니아에 큰 산불이 났었다. 그렇게 가까이 내 곁에서 난 산불을 경험하기는 처음이라 많이 놀랐다. 한밤중에 소방대원들이 우리 아파트 문을 탕탕 두드리며 대피하라고 큰소리를 치는 바람에 놀라 아이들을 깨우고 피신한 적이 있다. 남편은 내일이 주일이어서 양복과 성경책만 가지고 나가고, 작은아들은 자동차 열쇠만 갖고 재빨리 튀어나간 기억이 난다.

미국 사람들은 불이 났을 때 앨범을 가지고 나간다고 한다. 다시는 찍을 수 없는 추억이 담긴 사진을 귀하게 여기는 것 같다.

어머니한테 들은 얘기가 생각난다. 어머니가 어렸을 적에 집에서 운영하던 정미소에 불이 났는데 외할머니가 갖고 나온 보따리를 나중에 풀어보니 자녀들의 양말 꾸러미였다고 한다. 너무 당황하여 손에 잡히는 대로 갖고 나오신 것이다.

얼마 전 남편이 컴퓨터에 저장한 지나간 사진들을 보면서 행복한 추억으로 즐거운 시간을 가졌다. 동남아시아, 남미, 아프리카 등지의 선교지에 다니면서 찍은 사진들, 손주들의 어린 시절, 은퇴 후에 다녀온 여행 사진들, 남편의 70회 생일을 기념하여 손주들과 함께 다녀온 하와이에서의 가족여행 사진들을 보면서 행복한 추억에 잠겼다.

내 70회 생일에는 손주들에게 조국을 보여주기 위한 한국 여행을 계획해보려고 한다. 얼마 전에 큰아들이 엄마 생일에 많은 부모님들이 좋아하는 안마의자를 사주겠다는 제안을 했는데, 그 선물보다는 손주들과 아름다운 추억을 만들 수 있는 가족여행을 선택하기로 했다.

사진을 보면서 느끼는 것은 한 해 한 해 '나이 듦'이 보이는 것이다. 손주들이 멋있게 성장해가는 모습이 보이고, 아들과 며느리들의 싱싱한 젊음이 보인다. 우리 부부도 그렇게 젊은 때가 있었다. 지금은 머리카락이 많이 빠져 안타까워하는 남편의 머리숱도 그때는 풍성하여 보기가 좋았다. 사진은 너무 솔직한 것 같다. 흘러가는 세월을 이길 장사가 없다는 옛말이 실감이 난다.

이제는 앨범이 사라져 종이 사진을 정리하는 수고를 덜어준다. 스마트폰에 저장된 사진들을 아무 때나 볼 수 있는 편리함으로 즐거움을 누릴 수 있다.

어려서부터 모아온 한 상자 분량의 사진들을 내 손으로 정리하였다. 만일 그것을 그냥 남겨둔다면 분명 우리 자녀들에 의해 버려질 것을 알기 때문에! 나의 일생을 돌아보며 감사하고 기쁜 날들의 추억을 혼자 즐기는 시간이었다. 바쁘게 살아가는 자녀들이 우리의 사진을 소중하게 간직할 것이라고 기대하기는 어렵다. 꼭 기억해야 할 중요한 역사적인 사진만 남겨두고 다 버리는 작업이 만만치 않았다. 그러나 반드시 내 손으로 해야만 하는 일이다.

한 세대가 이렇게 빨리 지나가는데, 좋은 추억거리를 만드는 인생이 되기를 바라는 마음이 가득하다.

행복한 만남

♥　　　1993년 12월 갑자기 미국으로 떠나 버거운 이민교회를 섬기다가 5년 만에 교회를 개척하여 꿈꾸던 교회를 잘 마무리하고 오랜만에 한국에 나와 옛 친구들을 만났다. 사랑을 많이 받던 예전에 섬기던 교회를 방문하였을 때 반갑게 맞아주는 옛 성도들과의 만남도 즐겁고 감사한 일이다. 오랜만에 찾아와도 반갑게 만날 수 있다는 사실이 너무나 기쁘기도 하였다.

한국에 있는 분들은 정이 많아 사랑의 표현으로 식사 대접을 극진히 한다. 만나는 사람들마다 맛있는 음식을 대접받으며 사랑의 따뜻한 교제를 나누었다.

만남은 대화로 이루어진다. 대화는 서로의 생각과 마음을 나누면서 가까워지며 친밀해지게 만든다. 그런데 가끔 일방적인 대화로 지루해지기도 한다. 나는 상담학을 배우면서 경청 기술을 훈련받아 잘 들어주는 편이다. 적절한 반응을 보이면서 진심으로 마음을 다하여 집중해서 듣기 때문에 오랜 시간이 지나면 피곤해지기도 한다. 내가 관심을 가지고 있는 내용은 얼마든지 들어줄 수 있지만 별로 재미없는 이야기를 계속 듣다 보면 지칠 수밖에 없다. 그다음에는 그런 사람은 피하고 싶어진다. 대화를 할 때 공감이 가는 내용을 함께 나누는 지혜와 배려가 필요하다.

오랜만에 깔깔대고 맘껏 소리내어 웃을 수 있는 만남은 피로를 풀어주고 해피 바이러스를 나누어주는 귀한 만남이다. 어떤 만남은 서로 힘을 솟구치게 하고 새 힘을 얻을 수 있게 해주는 유익한 시간이 된다. 좋은 사람들과의 만남은 정말 인생을 행복하게 해준다.

살 맛을 느끼게 해주는 만남은 오랫동안 기억이 된다. 긴 여운을 남긴다.

대학을 졸업한 지 40여 년 만에 생전 가보지 않던 동창회라는 데에도 참석하여 20대에 만났던 친구들을 나이 칠십이 되어 만나는 감회도 새로웠다. 그 예쁘고 청초하던 젊은 시절의 모습은 간데없고 많은 세월이 지나 하얀 반백이 된 친구도 있고, 또 중후한 노년의 모습으로 변한 친구도 있었다. 곱게 나이 든 친구들과 만나 공원을 산책하며 옛 이야기를 나누는 즐거운 시간을 아름다운 추억으로 간직하게 된다.

한국에서는 무엇이든 스마트폰으로 다 해결이 된다. 만나고 싶은 사람들, 가고 싶은 장소 등 무엇이든 구하면 해결해주는 만능 엔터테이너다.

참으로 고마운 것은 카톡으로 웬만한 연락은 다 가능하다는 것이다. 그런데 연락을 해도 응답이 없을 때는 의아하면서 섭섭한 감정이 들기도 한다. 상대방의 사정을 알 수 없기 때문에 괜히 혼자 오해를 하는 경우도 생긴다. 보고 싶어서 연락을 했는데 답이 오지 않으면 무시당하는 것 같고 거부당한 느낌이 들어서 마음의 문을 닫게 되는 것 같다. 행복한 만남을 기대했다가 썰렁한 여운으로 끝나버리면 연락을 안 하느니만 못한 결과가 된 것 같아 참으로 안타깝다.

그러나 내가 사랑하는 그분은 언제나 어디서나 이름을 부르며 기도하면 즉시 응답해주셔서 한 번도 실망한 적이 없다. 그래서 외로울 때나 힘들 때나 서러울 때도 하소연하며 부르짖고, 즐거울 때나 감사할 때마다 찬송을 부르니 너무나 행복하다. 언제나 부르기만 하면 만나주시는 그분의 넉넉한 사랑과 은혜 때문에 여기까지 올 수 있었으니 감사할 뿐이다.

"내가 세상 끝 날까지 너희와 항상 함께 있으리라 하시니라."

(마 28:20)

♥　　우리 주변에는 투정을 늘 입에 달고 사는 습관적인 '투덜이'들이 있다. 습관은 성격을 만든다. 그렇기 때문에 어려서부터 좋은 습관이 몸에 배도록 훈련하는 것이 중요하다.

자주 찡찡거리는 아이들이 있다고 투정하는 사람은 자녀가 없는 가정에는 부러움의 대상이다. 어떤 부부는 결혼하고 13년 만에 첫 아기를 가졌는데 그 집은 기쁨이 있으며 항상 감사가 넘친다.

식탁에 앉아 밥을 먹을 때마다 감사하지 않고 반찬 투정을 하는 사람들은 굶어봐야 배고픔의 서러움을 알게 될 것이다. 세상에는 일용할 양식이 없는 사람들이 얼마나 많은가?

아들들이 만나기만 하면 싸운다고 투덜대는 부모들은 싸울 수 있는 형제가 있다는 것이 얼마나 감사한 일인지 너무 늦게 깨닫게 될 것이다.

입고 나갈 옷이 없다고 투덜대며 고민하는 많은 여자들의 장롱 속에는 입지 않는 옷으로 가득하다. 그 많은 옷 중에 지금 내 마음에 드는 옷이 없다는 행복한 투정이다.

아파트가 좁다고 투덜대는 것은 그런 좁은 집도 없는 사람들에게는 꿈같은 불평이다. 자동차가 자주 고장난다고 짜증을 내는 것은 자동차가 없는 사람에게는 미안한 투정이다.

더 많이 갖고 싶고 더 편하게 살고 싶은 욕망을 채우기 위한 끊임없는 불만은 사람들을 불행하게 만든다. 있는 것으로 감사하고 만족할 줄 아는 습관을 배워야 한다.

감사하는 사람은 상대방의 마음을 편하게 해준다. 감사는 불편한 인간관계를 회복시켜 준다. 감사는 행복을 주고 기적을 낳는다!

어릴 때부터 감사하는 훈련을 해야 한다. 자녀에게나 부부 사이에도 사소한 작은 일상에서도 서로 감사를 표현해야 한다. 부모의 언어가 감사로 가득 차있으면 그 가정은 행복할 것이다.

돼지는 아무리 좋은 음식을 많이 줘도 감사하지 않는다. 감사를 모르기 때문이다. 건강과 행복을 당연하게 여기면 감사는 사라진다. 당연하게 받을 수 있는 것은 아무것도 없다. 각양 좋은 것들과 선물들이 다 위로부터 빛들의 하나님 아버지께로부터 내려온다고(약 1:17) 성경은 말한다.

6 · 25 전쟁이 났을 때 만삭이 된 어머니는 세 살 된 언니와 집에 머물러 계셨다. 그런데 갑자기 외삼촌이 오셔서 한강 다리가 끊어지기 전에 빨리 피난 가라고 해서 배부른 어머니는 세 살 된 아기를 데리고 피난길을 떠나셨다고 한다. 실제로 그 피난길에 버려진 아기들이 많이 생겨 1950년생 우리 세대 인구가 가장 적다고 한다.

피난길에 버려지지 않고 잘 길러주신 부모님께 감사하여 내 생일 때마다 편지를 써서 감사함을 글로 표현하였다. 그러면 어머니께서 항상 "고맙군!" 하며 말씀하시던 음성이 아직도 생생하다.

행복한 배려

♥　　　KTX 기차 안에서 내 앞에 앉은 손주같이 보이는 아이가 떼를 쓰면서 아빠를 힘들게 하였다. 내가 눈으로 장난을 치며 소리 내지 않고 몸짓으로 대화를 하였더니 아이가 슬며시 웃으며 조용해졌다.

전철을 타고 다니다 보면 큰 소리로 전화통화를 하여 주위 사람들을 괴롭게 하는 일이 종종 있다. 상대방에 대한 배려가 전혀 없는 경우가 너무 많다.

여행을 다니다 보면 별별 일이 많이 일어난다. 대부분 너무 이기적으로 자기 생각만 하기 때문에 벌어지는 일들이다. 새치기하는 사람들 때문에 다툼이 일어나고 뒤에서 밀친다고 짜증 내고 에티켓을 지키지 않아 주위 사람들의 눈살을 찌푸리게 한다.

가정에서 자녀들에게 어릴 때부터 다른 사람에 대한 존중심과 배려하는 마음을 가르쳐야 한다.

그리고 아무리 가까운 부부 사이라도 지켜야 할 예의가 있다. 서로에 대한 존중하는 마음이 사라지면 관계는 더 나빠지게 된다.

얼마 전 어떤 방송에서 부부 세미나 강사가 말하는 내용을 듣고 놀란 적이 있다. 우리나라에서 부부 사이가 좋은 이들은 20%도 안 된다는 것이다. 그 원인 중에는 아마도 서로에 대한 배려심이 부족하여 실망하고 관계가 멀어지는 이유도 있을 것이라고 생각된다.

예전에 어떤 수양회에 갔을 때 함께 참석한 강사 부부가 부부 싸움한 이야기를 들었다. 아내가 자다가 화장실을 다녀와서는 잠 자는 남편을 발길로 차는 바람에 깜짝 놀라 깼다는 것이었다. 남 편이 화장실을 사용한 후에 변기 뚜껑을 내려놓지 않아 아내가 잠결에 차가운 본체에 볼일을 보면서 짜증이 났기 때문에 벌어진 일이었다. 작은 배려이지만 무심하게 지나치다 보면 별것도 아닌 일로 상대방의 원망을 사게 된다.

식당에 가서 칼국수를 먹는데 주인 아주머니가 슬며시 와서 보고 가시더니 김치를 더 갖다주어서 마음이 따뜻해졌던 경험을 한 적이 있다. 반찬을 더 달라고 주문하려면 눈치가 보이는데 세 심한 관심으로 미리 가져다주는 아주머니의 작은 친절에 그 가게 를 자주 찾게 되었다.

작은 친절이 큰 감동을 주는 아름다운 이야기들이 많이 있다. 오래전에 미국에 처음 다녀올 때 짐이 많아 쩔쩔매며 걸어가고 있었다. 그런데 알지도 못하는 신사분이 아무 말도 없이 미소 띤 얼굴로 짐을 들어다 주었다. 후에 알고 보니 이름이 알려진 유명 한 목사님이셨다. 그때의 친절은 결코 잊지 못한다. 그 목사님의 절대적인 팬이 된 것은 말할 것도 없고, 정말 고마우신 진짜 멋있 는 목사님이라는 생각이 든다.

때로는 지나친 배려로 상대방을 당황하게 하는 경우도 있다. 예전에 부모님들은 많이 먹이는 것이 사랑의 표현이라고 생각하 셔서 괜찮다고 해도 그릇에 자꾸 국을 부어주셨다. 싫다는 소리

를 못 하고 남기면 섭섭해하실까 봐 다 먹고는 배부르다고 투덜
대는 일도 종종 있었다.

상대방을 너무 배려하다 보니 자기 생각을 표현하지 못해 쩔
쩔매는 경우도 있다. 상대에 대한 배려도 중요하지만 그렇다고
자신의 해야 할 일과 할 말을 못 하는 것은 바람직하지 않다.

> "아무 일에든지 다툼이나 허영으로 하지 말고 오직 겸손한 마음
> 으로 각각 자기보다 남을 낫게 여기고 각각 자기 일을 돌아볼뿐
> 더러 또한 각각 다른 사람들의 일을 돌아보아…… 너희 안에 이
> 마음을 품으라. 곧 그리스도 예수의 마음이니."

(빌 2:3-5)

행복한 인상

♥   나이 사십이 넘으면 자기 얼굴에 책임을 져야 한다는 말이 있다. 얼굴은 얼이 담겨있는 꼴이라고 한다. 인생을 어떻게 살아왔는지 얼굴을 보면 대강 짐작을 할 수 있다.

나는 〈인생극장〉이라는 다큐를 즐겨 본다. 고생을 많이 하신 어머니들의 삶을 보며 얼굴에 주름진 세월의 흔적을 볼 때마다 친정엄마 생각이 많이 난다.

인상이 좋은 사람들은 행복해 보인다. 환한 미소를 띤 밝은 표정은 상대방의 마음을 편하게 해주기 때문에 사람들과 친해지기 쉽다. 그래서 인간관계도 좋을 수밖에 없다. 비교적 좋은 인상을 가진 사람들은 성공적인 인생을 산다.

반면에 험악해 보이는 인상, 사나워 보이는 인상, 쌀쌀맞은 인상, 차갑게 보이는 인상, 짜증스러운 인상, 화가 난 것처럼 보이는 인상을 한 사람들이 있다. 아기들은 그런 얼굴을 가진 사람이 가까이 가려고 하면 울기도 한다.

하기는 우리도 그런 사람 옆에 있는 것이 꺼려지곤 한다. 특히 공공장소에서나 어떤 걸 문의하려고 줄을 서서 기다릴 때 부드러운 인상을 한 사람에게 가까이 가기를 원한다. 장시간 비행기 여행을 할 때에도 이왕이면 인상이 좋은 사람이 옆에 앉기를 기대한다.

정말 착하게 생기고 선한 인상을 가진 목사님을 만나 대화를 나눈 적이 있다. 못된 교인이라도 그 목사님은 괴롭히지 못할 것 같은 인상이다. 너무 착하고 여리게 보여 그 목사님을 사랑할 수밖에 없어 보인다.

얼마 전에 남편과 같이 택시를 탔는데 기사가 뒤를 돌아보며 "목사님이시지요?"라고 물어서 남편을 아는 사람인 줄 알았다. 처음 보는 사람이었는데 남편의 인상이 목사님 같다는 것이었다. 아직은 목사님들에 대한 인상이 좋게 여겨지는 것 같아 다행이라는 생각도 들었다.

어떤 목사님은 "혹시 검사님이세요?"라는 말을 듣고 자신을 뒤돌아보는 기회가 됐다는 말을 들은 적이 있다. 자신에게 아직 차가운 인상이 남아있는 것 같아 푸근한 목사가 되도록 노력을 해야겠다는 결심을 하셨다고 한다.

얼굴은 우리 마음을 나타내는 창이다. 그래서 숨길 수가 없이 다 드러난다. 표정을 감추는 것이 쉽지 않다. 배우들은 직업이기 때문에 좋은 표정, 화난 표정도 연기할 수 있겠지만 보통 사람들은 두 얼굴을 하기가 어렵다. 마음에 있는 생각이나 감정이 그대로 얼굴 표정에 나타날 수밖에 없다.

그래서 우리는 언제나 누구에게든 그대로 보여주어도 부끄럽지 않기 위해 선한 생각을 하고 좋은 마음을 간직하도록 마음 밭을 잘 가꾸어야 한다. 예쁜 말, 고운 말, 선한 말, 위로의 말로 생각과 마음이 채워져 좋은 인상이 되도록 노력해야 한다.

"즐거움은 얼굴을 빛나게 하여도……."

(잠 15:13)

행복한 관계

♥　　행복한 인생은 관계가 행복해야 한다. 사람은 혼자 살수 없기 때문에 싫든 좋든 더불어 살아가야 한다.

그런데 이기적이고 미숙한 사람들은 함께 더불어 살아가기가 쉽지 않다. 사랑하는 가족들끼리도 서로를 이해하며 양보하고 참아주며 도와주면서 행복하게 살아가기가 너무 힘들다. 그래서 사랑하는 부부가 평생 원수가 되기도 한다. 자녀를 그렇게 사랑하면서도 어느 때에는 자식이 원수라며 "무자식이 상팔자"라는 말도 생겨났다. 선교지에서도 제일 힘든 것이 환경이지만 그런 외적인 어려움보다 더 힘든 것이 선교사들 사이의 갈등이다.

행복한 인간관계는 대화의 기술로 발전될 수 있다. 실제로 말로 하는 대화보다 몸으로 하는 대화가 더 많은 것을 전달한다. 그래서 우리들의 따뜻한 눈길, 표정과 몸짓, 자세 등은 우리의 마음을 전달하는 중요한 요소이다. 특히 어려서부터 배운 인사하는 법은 정말 중요하다. 정성스러운 마음을 담은 따뜻한 인사는 인간관계를 풀어가는 중요한 열쇠이다.

서로의 입장을 이해하면서 서로의 생각과 마음을 잘 표현해야 한다. 내 생각을 주장하는 자세보다 상대방의 생각을 들어주는 것이 그 사람의 마음을 얻을 수 있는 방법이다. 사람들은 자기 이야기하기를 좋아한다. 남의 이야기를 들어주는 데 인색한 사람은 인간관계가 힘들다.

예전에 아파트 앞 포장마차 아주머니에 대한 재미있는 에피소드를 들은 적이 있다. 퇴근하는 남편들이 집에 들어가기 전에 꼭 들러서 한잔하고 간단다. 아주머니에게 하루 종일 회사, 은행에서 있었던 일, 상사에게 당한 일을 하소연하며 스트레스를 풀고 간단다. 집에 들어가면 아내들이 들어주지 않기 때문에 포장마차에서 풀고 간다는 것이다.

아주머니는 들어주면서 아무 잔소리도 안 하고 핀잔을 주지도 않고 비판이나 충고 같은 것은 절대로 하지 않는다. 아주머니와 관계없는 일에 공연히 열을 낼 필요가 없기 때문이다. 그냥 들으면서 고개만 끄덕끄덕하며 가끔 "맞아요!" "그렇지요!" "저런!" 하고 추임새만 해주면 된다. 말하는 사람에게만 집중해주며 같이 느껴주는 마음을 나타내기만 한다. 소위 '공감 능력'이라는 것이다.

아무리 뛰어난 AI 인공지능이라도 공감 능력은 없다. 인간만이 할 수 있는, 마음을 읽어주고 함께 느껴주는 공감 능력이 뛰어난 사람은 인간관계에서 성공할 수 있다. 인간미가 느껴지는 사람은 주위에 사람들이 모이게 된다. 사람들과 행복한 관계를 유지할 수 있는 비법은 공감을 잘해주는 것이다.

남편은 공감을 해주는 아내를 원한다. 마찬가지로 아내도 공감을 잘해주는 남편을 기대한다. 그런데 서로 자기 말만 하고 잘 들어주지 않으니 좋은 부부 관계가 이루어지기 힘든 것이다. 자녀에게도 마음을 이해해주고 "힘들었구나!" "속상했겠다!" "그랬구나!" 등의 공감을 해주는 대화를 한다면 자녀와의 관계는 더 행복해질 것이다.

의과대학에 다니는 아들이 1학년 때 낙제를 해서 부모님에게 1년을 더 다녀야 할 것 같다고 이야기하자 엄마가 "그렇게 중요한 공부를 1년을 더 할 수 있으니 얼마나 좋으냐! 너는 이다음에 훌륭한 의사가 될 거야"라고 말했단다. 이 아들은 너무 죄송해서 정신 차리고 공부를 열심히 하여 정말 좋은 의사가 되었다는 말을 들었다.

그 엄마는 미안해하며 후회하는 아들의 마음을 읽고 꾸중 대신 아들을 위로하고 격려하여 스스로 깨닫고 일어설 수 있게 도와준 것이다. 인생을 긍정적인 시각으로 바라보는 뛰어난 공감 능력을 가진 따뜻한 성품의 어머니가 아들을 살린 것이다.

"여호와께서 내 음성과 내 간구를 들으시므로 내가 저를 사랑하는도다. 그 귀를 내게 기울이셨으므로 내가 평생에 기도하리로다."

(시 116:1-2)

행복한 동반자

♥　나이가 들어가면서 여자에게 꼭 필요한 것이 돈, 건강, 친구, 딸, 반려동물이라고 하는데 아마도 이제는 스마트폰이 반드시 있어야 하는 시대가 된 것 같다. 스마트폰이 있으면 심심하지 않다. 스마트폰이 있으면 노래도 들을 수 있고 드라마나 영화도 볼 수 있다. 건강, 음식, 여행 등 다양한 정보를 원하는 대로 다 볼 수 있다. 재미있는 좋은 친구의 역할을 대신해준다. 시간을 보내는 데 이만큼 좋은 친구가 또 어디 있겠나!

심심할 시간이 없을 정도로, 한가하거나 지루해하는 노인들에게 더할 나위 없는 벗이 되어준다. 좋은 설교와 탁월한 강의도 들을 수 있고 문학책을 읽어주는 앱도 있다. 잠이 안 와 뒤척거릴 때 수면을 위한 음악을 듣기도 하고 소설을 읽어주는 낭랑한 목소리를 듣다 보면 어느새 깊은 잠에 빠져들기도 한다. 정말 좋은 세상에 산다는 생각이 든다.

얼마 전에 남편을 사별하고 혼자 지내는 분을 만나 대화를 하던 중, 이제 나이가 드니 부부가 함께 손잡고 걸어가는 모습이 제일 부럽다는 말을 들었다. 나이가 들어가며 부부가 서로에게 친구가 되어 연약한 노년을 함께 걸어가는 것도 감사한 일이다.

그런데 서로 이기적이 되어 자기 주장만 하고 잔소리를 한다면 서로에게 짐이 되고 부담을 주게 된다. 90세가 가까워지는 부부가 남편이 따라다니며 잔소리를 하니까 아내가 계속 살아야 할까 하는 생각이 든다는 말을 듣고 놀랐다. 그 나이에도 헤어질 생각을 하게 된다는 사실에 안타까운 마음이 들었다. 나이가 들수록 서로에 대한 배려와 친절을 몸에 익혀야 한다. 그래야 행복한 동반자가 될 수 있다.

　나이가 들면 얼굴이 무표정해진다. 그래서 웃지 않으면 화난 것처럼 오해를 받을 수 있다. 미소는 상대방에 대한 예의라고 한다. 미소가 인생의 동반자로 항상 따라다니면 많은 사람들에게 사랑을 받을 수 있다. 작은 일에도 감사하며 서로에게 고마움을 표현하고 칭찬하며 무슨 일이든지 긍정적으로 받아들이면 노화를 6년이나 늦춘다고 한다.

　명품 인생으로 마치려면 내 몸을 깨끗하게 가꾸고 주름진 얼굴에 미소를 잃지 않고 부드러운 말씨와 세련된 언어를 사용해야 한다. 늙으면 말을 함부로 하게 된다는 말을 거부해야 한다. 자녀나 손주들에게도 예쁜 언어로 사랑받는 할머니와 할아버지가 되도록 노력해야 한다. 마음도 가꾸어 따뜻하고 훈훈함으로 여유롭고 인자한 모습으로 변화되도록 노력해야 한다. 모든 것을 용납하는 성숙함으로 나이가 들어갈수록 더 성장해야 한다. 온유하고 따뜻한 사람 옆에는 사람들이 다가온다.

　유명하지만 무익한 사람보다 무명하지만 유익한 사람이 우리 주위에 많이 있으면 좋겠다. 인생의 행복은 삶의 의미를 찾아가는 것이다. 의미 있는 인생은 자기를 돋보이는 데 있지 않고 함께하는 데 있다고 한다. 순수하고 자연스러운 순리를 따라 조용히 살아가는 일상의 행복을 누리자.

♥   날마다 읽으면 유익한 인생을 살 수 있다는 다섯 줄짜리 인생 교훈을 들었다.

갈까 말까 할 때는 가라!
살까 말까 할 때는 사지 마라!
줄까 말까 할 때는 줘라!
먹을까 말까 할 때는 먹지 마라!
말할까 말까 할 때는 말하지 마라!

음미할수록 마음에 와 닿는다는 생각이 들었다. 특히 하지 말아야 할 말을 해놓고 후회하는 일이 많았다. 안 해도 될 말을 하고 후회하는 경우가 하고 싶은 말을 안 해서 후회하는 경우보다 더 많다.

말을 해도 유익이 안 되고 상대방에게 상처만 주는 말을 참지 못하여 쏘아붙이고 자신을 탓하는 경우가 흔하다. 죽고 사는 것이 혀의 권세에 달렸다고(잠 18:21) 하는 성경 말씀처럼 어떤 말을 하는가는 정말 중요하다. 말 한마디로 사람을 살릴 수도 있고 죽일 수도 있기 때문이다. 말 한마디로 천 냥 빚을 갚는다는 말은 우리에게 말을 어떻게 해야 하는지를 가르쳐준다.

"참는 마음이 교만한 마음보다 나으니 급한 마음으로 노를 발하지 마라"(전 7:9), "너는 하나님 앞에서 함부로 입을 열지 말며 급한 마음으로 말을 내지 말라(전 5:2)"는 말씀이 가슴에 박힌다.

"마음이 조급한 자는 어리석음을 나타내느니라." (잠 14:29)

"노하기를 속히 하는 자는 어리석은 일을 행하고." (잠 14:17)

"노하는 자는 다툼을 일으키고 분하여 하는 자는 범죄함이 많으니라." (잠 29:22)

"어리석은 자는 그 노를 다 드러내어도 지혜로운 자는 그 노를 억제하느니라." (잠 29:11)

"미련한 자는 분노를 당장에 나타내거니와 슬기로운 자는 수욕을 참느니라." (잠 12:16)

"노하기를 더디 하고 허물을 용서하는 것이 자기의 영광이니라." (잠 19:11)

화를 내는 것이 얼마나 어리석은 일인지를 이렇게 많이 말씀하셨는데 깨닫지 못하고 같은 실수를 평생 하면서 살아온 미련한 인생을 어찌할꼬!

남편에게 말을 함부로 하여 상처를 많이 준 것 같아 나의 어리석음을 회개하고 미안하다고 고백하고 용서를 구했다. 남편에게 답답하다는 말을 많이 한 것이 상처가 된 것 같다. 성격이 급하여 참지 못하고 기다리지 못하는 마음을 있는 그대로 드러내었던 미련과 어리석음을 반성한다. 자녀들이 실수했을 때 참지 못하고 상처를 준 말들도 후회가 된다.

예전에 우리가 학교 다닐 때는 반성문을 쓰는 숙제가 있었던 것이 기억난다. 이제 하나님 앞에서 반성문을 쓰려고 성경을 열심히 읽고 있다. 그동안 잘못한 것을 반성하면서 이제라도 유순하게 대답하고 고운 말을 사용하도록 말을 아끼고 입술을 단속하여야겠다. 따뜻한 말 한마디가 사람을 살리기도 하는데 이제부터는 좀 더 다정히 말하려고 노력해야겠다. 상대방을 기쁘게 하는 말을 하며 위로와 격려, 칭찬의 말을 아끼지 말고 하리라 다짐해 본다.

> "의인의 마음은 대답할 말을 깊이 생각하여도 악인의 입은 악을 쏟느니라." (잠 15:26)

> "세상에는 금도 있고 진주도 많거니와 지혜로운 입술이 더욱 귀한 보배니라." (잠 20:15)

성경은 혀를 지키는 자는 그 영혼을 환난에서 보전하며(잠 21:23), 입을 지키는 자는 그 생명을 보존하고(잠 13:3), 입술을 제어하는 자는 지혜가 있다고(잠 10:19) 말씀하셨다.

행복한 부모

♥　　부모로 태어난 사람은 아무도 없다. 결혼하여 자녀를 낳으니 자동적으로 부모가 된 것이다. 그러니 부모 역할을 배우지 않은 많은 부모들이 실수를 하며 자녀를 양육하게 된다. 자녀를 키우면서 부모도 같이 성장해가는 것이다.

예전에는 조부모와 함께 살았기 때문에 할머니들의 도움으로 자녀를 양육하였다. 진짜 자녀교육은 조부모를 통해서 이루어진다고 한다. 그런데 요사이 핵가족화되면서 젊은 부모들이 어려움을 호소하고 있다. 어린 엄마들이 아기를 키우는 것이 안쓰럽게 보인다. 이제는 부모교육 학교를 통해서 부모 역할을 배워야 건강한 부모가 될 수 있다.

건강한 부모가 건강한 자녀를 양육할 수 있다. 성숙한 부모가 성숙한 자녀를 양육할 수 있기 때문이다. 멋진 자녀를 키우려면 먼저 멋진 부모가 되어야 한다. 대부분의 사람들은 대학에서 자녀교육이라는 과목을 배운 적이 없기 때문에 부모가 되는 것이 어떤 것인지를 알지 못한다. 다행히 부모로부터 좋은 본을 보고 자라서 그대로 따라 한다면 그래도 괜찮은 경우이다. 그러나 미숙한 부모로부터 사랑을 제대로 받지 못하고 오히려 상처를 받고 자랐을 경우 미숙한 자녀를 양육하게 될 수밖에 없다.

우리 세대는 많은 엄마들이 전적인 전업주부로 자녀들과 가정을 지키며 살아왔다. 그러나 지금은 일하는 엄마들이 대부분이라 자녀를 위해 많은 시간을 함께할 수 없는 안타까운 현실이다. 이로 인해 자녀들이 애정결핍으로 어려움을 겪는 일들이 많아지고 있다. 경험 없는 부모가 대책 없는 자녀와의 갈등을 겪으면서 서로 함께 성장해가고 있다. 부모들도 자녀를 통해서 배우게 되는 경우가 많다.

자녀의 입장을 이해하는 것을 자녀를 통해서 배우게 되기 때문에, 종종 상담할 때 아이들을 통해 지혜를 얻었다. 성경에서 좋은 부모가 되는 법을 배우고 자녀훈련에 적용하여 다행히 아이들이 잘 자라주어서 정말 고맙다. 물론 실수도 많이 했지만 최선을 다하는 부모 역할을 했다고 생각한다.

나이가 들어 노년에 자녀들과 행복한 관계를 이루어갈 수 있다는 것이 얼마나 감사한지 모른다. 나는 10여 년 전에 병을 앓고 얼마 동안 누워있으면서 마음을 비우고 많은 일을 내려놓았다. 그중에 가장 중요한 것이 자녀와의 관계를 잘 회복하는 것이라는 생각이 들었다. 내가 떠난 후에 아이들이 좋은 부모로 기억해주기를 바라는 마음이 앞섰다. 내가 친정엄마를 아직도 가장 사랑하고 기억하는 것처럼 우리 아이들에게도 사랑하는 엄마로 남고 싶은 마음이었다.

자녀를 잘 교육하겠다고 엄한 훈계로 불편하게 지내는 것보다는 조금 부족해도 사랑하는 관계로 남는 것이 더 중요하다고 생각되었다. 그래서 마음에 들지 않을 때에도 잔소리하지 않고 그냥 넘어가고 잘 지내기로 했다. 며느리에게도 항상 칭찬을 많이 하려고 노력하며 손주들 교육에도 간섭하지 않고 사랑만 전한다.

자녀들의 삶에 참견하지 않고 그들이 요청할 때만 도움을 준다. 이제 자녀로부터 떠나고, 그리고 내 삶을 살기로 했다.

노년에 내가 하고 싶은 일을 하며 내 삶을 살아가는 기쁨을 누리며 만족해한다. 자녀와 행복한 관계를 회복하고 잘 지내게 된 것이 제일 감사하다! 이제는 우리 부부의 건강을 스스로 잘 지키는 것이 아이들에게 해줄 수 있는 최고의 선물이라고 생각한다. 부모가 건강해야 아이들이 편안하고 행복할 수 있기 때문이다.

부모가 행복해야 자녀도 행복하다! 행복한 부모가 행복한 자녀를 만들 수 있다.

"무엇이든지 남에게 대접을 받고자 하는 대로 너희도 남을 대접하라."

(마 7:12)

♥　　남편과 함께 현직에서 은퇴하면서 제일 먼저 정리한 것
은 평생 모아온 책들을 학교 도서관에 기증하는 일이었다. 그 많
은 자료들, CD, 테이프, 책들을 청년 7명이 와서 100박스를 두세
시간 안에 모두 실어 가는 모습을 보며 마음이 휑해지는 기분이
들었다. 선교사들이 머무르면서 쉬는 공동체를 생각하면서 도서
실을 만들어주고 싶었던 꿈이 있었는데, 그 대신 신학교에서 학
생들에게 도움이 된다면 그것도 의미가 있을 것이다.

　이제 나이가 들어가며 갖고 있는 것들을 정리해야 하는 시간
이 다가온 것 같아 아직 힘이 있을 때 정리하기로 하였다. '미니멀
라이프'라는 것을 유튜브 등을 통해 보기도 했지만, 우리는 이제
머지않아 떠날 사람이기 때문에 더 절실하다는 생각이 들었다.

　물건들을 정리하면서 회개도 많이 하였다. 왜 그리 많은 것을
갖고 살았는지 모르겠다. 아까워서 버리지 못한 것도 있지만 아
마도 욕심 때문에 누구에게 주지도 못하고 끼고 산 것 같다. 두세
벌의 옷이면 된다고 하였는데 왜 입지도 않는 그 많은 옷들을 옷
장에 걸어놓고 살았는지 후회가 되었다. 옷가지를 정리하여 '굿윌
(Goodwill)'이라는 구호단체에 보내고 나머지는 입을 만한 사람들
에게 나누어주니 옷장이 헐렁하여져 기분이 아주 홀가분했다.

　아끼기만 하며 쌓아놓았던 그릇들을 며느리에게 보여주며 마
음에 드는 것만 골라 갖고 가라고 했다. 거절하지 않고 가져가 주

는 며느리가 고마웠다! 아직 요리하는 것을 좋아하는 며느리가
대견하고 귀하게 느껴지며 기특한 생각이 들기도 했다. 요새는
많은 가정들이 집에서 요리도 안 하고 외식들만 하는 경우가 많
기 때문에 예쁜 그릇도 인기가 없는 것 같으니 말이다.

얼마 전에 구십이 넘은 친척 아저씨가 돌아가셔서 장례를 치
르고 아주머니가 아들 곁으로 이사를 하셨다. 평생 살아온 흔적
이 남아있는 물건들을 정리해야 하는데 힘에 부쳐 아들들에게 맡
기는 것을 보면서 나는 미리 이렇게 정리한 것이 너무 잘했다는
생각이 들었다.

준비 없이 살다가 그냥 훌쩍 떠나버리면 나의 흔적을 자녀들이
정리하면서 흉을 볼 것 같아 미리 정리를 하고 나니 너무나 간결
하고 깨끗하여 좋다. 꼭 필요한 물건만 놔두고 다 버리니 이렇게
홀가분하고 공간의 여유가 있어 마음도 넓어지는 기분이 든다.

이제는 쌓아두는 일은 절대로 하지 않기로 결심하였다. 공짜라
고 또 싸다고 해서 사는 것도 더 이상 하지 않기로 굳게 마음먹었
다. 이제는 먹을 것도 조금만 사고 그때그때 필요한 것들만 사니
냉장고도 너무 가득 채우지 않아 공간이 여유롭다. 냉동실에 가
득 채워놓았던 몇 달을 먹어도 될 많은 냉동식품들도 다 처리하
고 비워내니까 너무 깨끗하고 시원하다.

소설가 박경리의 《버리고 갈 것만 남아서 참 홀가분하다》라는
책의 제목처럼 인생이 홀가분해지는 것 같다. 비운다는 것이 이
렇게 좋은지 몰랐구나 하는 생각이 든다. 내려놓는다는 것이 바

로 마음을 비운다는 것이다. 마음을 비우니 여유가 생긴다. 마음이 넉넉해진다. 그래서 넉넉한 사랑으로 채워질 수 있다.

미움도 원망도 후회도 섭섭함도 사라져가고 감사가 가까이 다가와 훈훈한 따뜻함이 느껴진다. 마음이 녹아내리니 모든 것을 용서할 수 있게 된다.

"어리석은 자여 오늘 밤에 네 영혼을 도로 찾으리니 그러면 네 예비한 것이 뉘 것이 되겠느냐?"

(눅 12:20)

행복한 나눔

♥　　은퇴하신 형부가 돈을 안 쓰려고 하고 돈을 쓰는 언니에게 잔소리한다는 말을 들었다. 나이가 들어 은퇴하면 수입이 없어지니 남자들이 더 인색해지는 경향이 있는 것 같다.

미래가 불안하여 움켜쥐고 돈을 쓰지 않는 사람들은 더 외로워진다. 돈에 대해 지나친 얽매임에서 자유를 찾아야 한다.

거지도 자기가 갖고 있는 것을 다 쓰지 못하고 죽는다는 말을 들은 적이 있다. 나이 들어서 가지고 있는 돈은 상대방과의 소통이고 배려와 정성이며 관심과 사랑의 표현이다. 우리가 잘 아는 김형석 교수는 "돈만 끌어안고 살면 인격을 잃게 된다"고 했다.

베푸는 사람이 행복해진다. 억만장자인 전 뉴욕시장 마이클 블룸버그는 "인생을 완전하게 즐기고 싶다면 기부하라"고 했다. 미국에는 '기부 서약'이라는 것이 있다. 억만장자들이 재산의 절반 이상을 기부한다는 약속 캠페인이다.

워렌 버핏은 자기 재산의 1퍼센트면 자기 가족이 평생 쓸 수 있다. 더 많이 갖는다고 해서 행복해지지 않기 때문에 그는 나머지 99퍼센트를 사회에 환원한다고 했다. 부유한 빌 게이츠도 기부를 통해서 사람들의 삶에 변화를 주고 그걸 지켜보는 것만큼 만족스런 경험은 없다고 말했다.

탈무드에서는 "자선을 행하지 않으면 아무리 부자라도 맛있는 요리가 그득한 식탁에 소금이 빠진 것 같다"고 했다. 가질수록 나누어야 맛인데 혼자 움켜쥐면 인생의 참맛을 알 수 없다는 말이다. 맛깔스러운 인생을 위하여 나눔을 실천하는 멋있는 인생이되게 하자.

자녀들이 어버이 주일, 생일, 크리스마스 때마다 선물을 준비하느라 고민을 한다. 생각해보니 자녀들도 부담스럽고, 이제 나이 드니 필요한 것도 별로 없다. 그래서 자녀들에게 선물 대신 어려운 어린이들을 돕는 후원금을 위해 돈으로 달라고 제안하였다. 자녀들도 좋은 생각이라 동의해주어 우리끼리 주고받는 선물 대신 북한의 장애 어린이와 월드비전 어린이들을 돕기로 하였다.

도미니카공화국에서는 예배당을 하나 건축하는 데 만 달러가 필요하다고 한다. 그래서 두 아들과 우리가 'Park's family'의 이름으로 헌금하여 교회를 건축하기 위해 적금을 들기로 했다. 앞으로 선교사 자녀들을 위한 장학금을 준비하는 계획도 함께하기로 했다.

한국에도 '아너 소사이어티'라는 1억 원 이상을 기부하는 사회복지 공동모금회가 있다. 대한민국 최초이자 최고의 고액 기부 프로그램이다. 부모, 자녀, 배우자의 이름으로 가족을 잃은 슬픔을 나눔으로 기부하기도 한다. 우리나라에도 기부를 중시하는 귀한 부자들이 있는 것이 참으로 감사한 일이다.

아주대 교수를 역임하신 황필상 교수는 "재산이란 있다가도 없는 것이어서 가치 있게 쓰고 싶다"며 아낌없이 베풀었던 분이다. 재산을 많이 가지면 오히려 정신이 부패해진다며 사람을 기르는 일에 기부를 많이 하셨다. 195억 원을 기부하고 140억 원의 세금폭탄을 맞아 8년 동안 소송을 하여 '황필상법'(상속세 및 증여세 개정판)이 만들어지게 되었다고 하는 어느 기자의 칼럼을 읽은 적이 있다.

그는 자녀들에게 부담이 된 소송으로 미안하다며 "주어진 일에 감사하면서 너희가 할 수 있는 최선을 다해라. 그리고 여력이 있거든 인정을 베풀어라. 남을 위해서도 살아라. 네 이웃을 사랑해라! 나누어주어라! 백 년 인생도 순간이다!"라는 유언을 남기고 세상을 떠났다고 한다. 물질적인 유산보다는 정신적인 유산을 남기고 가는 것이 바람직하다는 생각이 든다.

> "가난한 자를 불쌍히 여기는 것은 여호와께 꾸이는 것이니 그 선행을 갚아주시리라."

(잠 19:17)

♥   오래전에 김정현의《등대지기》라는 소설을 읽고 치매에 대한 경각심을 갖게 되었다. 큰아들이 등대지기 동생에게 치매 걸린 어머니를 맡기고 이민을 간다. 어쩔 수 없이 등대지기 작은 아들은 자그마한 셋방에 어머니를 모시고 살았는데 너무 힘들어 요양원에 모시고 가려다가 마음에 걸려 다시 데려온다. 어느 비바람이 몰아치는 날 아들이 등대에 갔다가 사고를 당하여 꼼짝도 못 하고 있는데, 거기를 치매에 걸린 어머니가 찾아와 속치마에 빗방울을 받아 아들을 살리는 눈물 나는 장면이 기억난다.

그 책을 읽고 나서 나는 언니에게 우리는 절대로 치매에 걸리지 않도록 해야 한다고 열변을 토한 적이 있다. 본인은 기억을 하지 못하기 때문에 모르지만 자녀들에게는 차마 못할 짓이라는 생각이 들었다. 그래서 치매 예방에 좋다는 약을 먹기도 했던 적이 있다.

그러나 그런 약은 세상에 없다. 끊임없이 움직이고 활동하여 뇌가 노화되지 않도록 활성화하는 방법밖에 특별한 약은 존재하지 않는다. 지금 이렇게 의학이 발달되어도 아직까지 이렇다 할 업적이 없는 것을 보면 치료하기에 아주 힘들고 나쁜 병이라는 생각이 든다. 그래서 우리는 그 병에 걸리지 않도록 최선의 노력을 아끼지 않는다.

눕거나 앉아서 TV를 보거나 하지 말고 끊임없이 움직여야 한다. 손을 움직이기 위해 뜨개질도 하고, 그림도 그리고, 피아노를 배워 노래를 부르기도 한다. 지휘자나 화가는 치매에 거의 걸리지 않는다는 말을 들은 적이 있다. 소리 내어 성경을 읽기도 한다. 껌을 씹는 것도 도움이 된다고 들었다. 아파트를 다닐 때나 전철을 탈 때에도 계단으로 다니려고 노력한다. 정말 치매에 안 걸리기 위해 안간힘을 다 쓴다. 요사이 치매에 관한 영화도 많은 것을 보면 사회적 문제로 아주 심각하다는 생각이 든다.

남편은 새벽마다 영어와 한글로 말씀묵상을 글로 써서 많은 사람들과 공유한다. 그리고 하모니카, 색소폰 등 악기 배우는 것을 좋아하며, 그림 그리는 것을 즐긴다. 스페인어를 모국어로 사용하는 선교지에서 더욱 효과적으로 섬기기 위해서 요즘에는 스페인어를 배우기 시작했다. 중국어, 일어 등 외국어 공부를 계속하는 사람은 치매에 걸릴 확률이 거의 없을 것 같아 부럽기도 하다.

그런데 스마트폰이라는 복병이 있어 조심을 해야 한다. 요즘엔 가족과 친구의 전화번호를 외울 필요가 없고 다만 스마트폰을 켜서 손가락으로 한두 번 누르면 되기 때문에 뇌의 활동이 전보다 훨씬 줄어든 것이 사실이다. 그래서 생길 수 있는 디지털 치매는 노년층만 아니라 젊은 사람들에게도 많이 있다고 한다. 스마트폰을 손에서 놓지 못하고 잠자리에서도 옆에 놓고 자며, 손에 그것이 없으면 불안해한다.

얼마 전에 미국의 어떤 기업에서 1년 동안 스마트폰을 사용하지 않으면 10만 달러를 상금으로 주겠다는 광고가 난 적이 있다.

아무도 그렇게 하지 못할 거라는 자신감에서 시작된 광고일 것이다.

전철을 타보면 거의 대부분의 사람들이 스마트폰만 보고 있는 풍경을 볼 수 있다. 만일 어느 순간에 스마트폰을 일시에 수거한다면 온 세상은 혼란에 빠지고 말 것이라는 상상을 해보았다. 그 안에 입력되어 있는 자신의 신상 정보와 은행 정보, 비즈니스에 대한 정보, 연락처……, 상상만 해도 끔찍한 일이 벌어질 것이다.

스마트폰에만 의지하는 인간들이 바보가 되어가고 있는 것 같다. 자동차의 네비게이션만 따라가는 인간이 점점 더 멍청해지는 것만 같아 정말 걱정이 된다.

생각을 하지 않고 지시만 따라가다 보면 낭떠러지로 떨어지는 경우도 생길 수 있을 것이다. 인간미가 사라지고 모든 것이 자동화 기계로 이루어지니 나이가 들어가는 우리에게는 때로는 스트레스가 되기도 한다. 정신 바짝 차리고 급변하는 새로운 문화에 적응하도록 배우기를 게을리하지 않아야겠다.

행복한 마무리

♥   많은 꿈같은 날들이 지나고 이제 은퇴하여 여유로움과 한가함을 즐기는 시간들을 보내고 있다. 시간에 쫓기며 분주하게 살다가 이렇게 쉴 수 있는 틈새가 있는 삶이 너무 좋다!

자유로운 선택을 하며 스스로 할 일을 찾기도 하고 그저 편안히 쉴 수도 있는 자유를 만끽한다. 이제는 쫓기는 삶이 아니라 즐기는 삶을 살아가려고 한다. 가고 싶은 데를 찾아갈 수 있고, 보고 싶은 책들을 마음대로 볼 수 있고, 만나고 싶은 사람들을 만날 수 있는 시간의 여유가 너무나 좋다.

비 오는 어느 날 아침에 서둘러 새벽기도회에 가지 않고 늦잠을 잘 수 있다는 행복감에 젖어도 본다. 새벽을 깨우며 바람같이 예배당으로 달려가던 그 분주함에서 벗어난 이 자유함이 주는 행복감에 스스로 놀라기도 한다.

이제 자유롭게 내가 그리던 한국에도 마음껏 다닐 수 있다. 오랫동안 만나지 못했던 친구들에게도 연락을 해서 만나는 즐거움을 누리리라. 보고 싶은 사람들과의 만남은 생각만 해도 행복 에너지가 솟는 느낌이 든다.

은퇴하면 찾아가겠다고 약속한 친구를 보기 위해 제일 먼저 도미니카공화국을 방문하였다. 중학교 친구인 그녀는 헌신적인 선교사로 변해있었다. 안 믿는 집에 시집가서 시부모님을 다 예수 믿어 세례 받게 하고 시누이들도 목회자의 아내가 되도록 복음을 전하고, 드디어 남편을 선교사가 되게 한 귀한 친구가 너무나 자랑스러웠다.

도미니카공화국에서 현지인들을 위하여 예배당을 지어주고 또 양철과 판자로 된 현지인들의 허름하고 낡아 쓰러져가는 집을 허물고 벽돌로 새 집을 지어주며 우물도 파주는 성실하고 부지런한 선교사의 삶을 살고 있었다.

믿음의 부모를 따라 교회에 다니다가 믿지 않는 남편과의 결혼으로 마음고생을 하던 친구였다. 그런데 이렇게 성숙하여 노년을 귀한 선교사의 삶으로 인생의 아름다운 마무리를 하는 친구를 만나니 너무나 대견스럽게 느껴졌다. 부모님의 기도의 열매라는 생각이 든다.

뿐만 아니라 나이가 들어 할 일을 찾지 못하고 있는 노년들을 위해 시니어 선교훈련학교를 운영하며 노년의 삶을 잘 살아가고 있는 그 친구 부부가 너무나 멋있어 보였다. 우리도 하나님을 기쁘시게 하는 그 부부에게 도움이 되고 싶어 매년 도미니카를 방문하여 함께 섬기며 힘을 보태주려고 한다.

어려움을 당할 때마다 하나님의 말씀으로 새 힘을 얻고 일어날 수 있도록 위로해주시며 동행해주시는 그분의 섬세하신 사랑의 함께하심으로 여기까지 올 수 있었다. 나의 나된 것이 오직 하나님의 은혜라고 고백한 사도 바울의 말이 진실로 나에게도 꼭 맞는 말씀이다. 나는 '하나님의 은혜로 산 여인'이라고 기억되기를 원한다.

은혜 받은 이상은(서로 상(相)/은혜 은(恩))은 행복한 여자로 살아온 인생이다. 행복의 근원이신 예수를 만나 행복을 발견하고, 인생의 파트너인 행복한 남편을 만나 자랑스러운 두 아들과 며느리, 여섯 명의 사랑스러운 손주들로 행복한 가정을 이루게 하셨다. 이제 빈 둥지가 된 노년에 남편과 함께 한국과 선교지를 다니며 복음을 전하고 강의를 하며 행복한 인생으로 마무리하게 하신 하나님의 은혜에 감사할 뿐이다.

"야곱아, 너를 창조하신 여호와께서 지금 말씀하시느니라. 이스라엘아, 너를 지으신 이가 말씀하시느니라. 너는 두려워하지 말라. 내가 너를 구속하였고 내가 너를 지명하여 불렀나니 너는 내 것이라. 네가 물 가운데로 지날 때에 내가 너와 함께할 것이라. 강을 건널 때에 물이 너를 침몰하지 못할 것이며 네가 불 가운데로 지날 때에 타지도 아니할 것이요 불꽃이 너를 사르지도 못하리니 내가 너를 보배롭고 존귀하게 여기고 내가 너를 사랑하였은즉."

(사 43:1~4)

♥　　　이제는 사람들의 인식이 많이 바뀌어 죽음을 이야기하는 것이 자연스러워진 것 같다. 예전에는 죽음을 말하는 것이 많이 조심스러웠지만 지금은 그렇게 예민하게 부정적인 반응을 보이지 않아 다행이라는 생각이 든다.

웰리빙(well-living)에 관심을 기울이는 것처럼 웰다잉(well-dying)에도 많은 관심을 갖게 되었다. 죽음도 삶처럼 준비해야 한다는 교육의 필요성을 연구하며 논의하는 시대가 된 것이다.

그래서 요사이 '죽음학'에 대한 연구가 활발해지는 것 같다. 인생의 마지막을 후회 없이 보낼 수 있도록 도와주는 죽음 교육이다. 오늘이 내 생애 마지막이라면 누구와 무엇을 할 것인지 또 무엇을 남기고 갈 것인지를 생각하는 것이 중요하다. 행복한 죽음을 준비하는 것이 일생을 잘 보내는 것이기 때문이다.

요즘엔 웰다잉(well-dying)을 웰리빙(well-leaving)이라고도 한다. 즉 '잘 떠나는 것'을 의미한다. 사도 바울이 "나의 떠날 기약이 가까웠도다"(딤후 4:6)라고 말했고, "세상을 떠나서……"(빌 1:23)라고 말한 것처럼, 우리는 이 세상을 떠나는 여행을 준비해야 한다.

준비 없이 떠나는 여행은 너무나 위험한 일이다. 죽음을 준비하지 않으면 자신뿐 아니라 가족에게도 큰 부담을 주게 된다.

따라서 자신의 지나온 인생을 정리하는 '엔딩 노트'를 작성하여 앞으로의 죽음을 앞둔 임종 계획을 세워두는 것이 바람직하다. 가족에게 남기고 싶은 말, 재산 정리, 마지막 병상에 생명연장 장치 같은 것은 할 것인지 안 할 것인지 미리 당부하는 것도 필요하다.

사랑하는 사람들과의 마지막 인사와 관계 회복도 반드시 필요하다. 아직 용서하지 못한 것이 생각난다면 늦기 전에 화해하고 사랑을 전달해야 한다. 자신의 장례 절차를 미리 준비하는 것도 아름다운 마무리가 될 것이다. 한평생 잘 살다 가면서 무엇을 남기고 갈 것인지를 생각하면 매일매일의 삶이 더욱 의미 있어질 것이다.

나는 남편과 아들들과도 나의 죽음 준비를 수시로 자연스럽게 이야기한다. 사랑한다는 말도 죽음 직전에 하는 것보다 미리 많이 하려고 연습한다. 자녀들에게 만일 무슨 일을 당하여도 당황하지 말고 평소에 엄마가 이야기한 대로 해줄 것을 부탁하였다. 생명을 연장하기 위한 심폐소생술은 절대로 하지 말고, 혹시 암이 재발하여도 수술은 하지 않을 것이며 자연치료를 통해 하나님 만날 준비를 하겠다고 나의 소신을 확실하게 아들들에게 밝혀두었다.

나는 나의 어머니의 죽음을 경험하면서 내 죽음을 준비하는 데 많은 도움이 되었다. 어머니가 돌아가신 후에 유품을 정리하면서 수첩에서 어머니의 필적을 발견하고 그것을 간직하고 있다.

인생은 빈손인 것을
어차피 혼자 가는 길
한 번은 가야 하는 길
무엇이 못 잊어 못 가는가?
내 인생을 어디에다 걸었었나?

　일생을 자녀들과 가정을 위해 헌신하신 어머니의 삶을 생각하며 노년에 죽음을 앞두고 외로움을 혼자 겪어내신 것을 생각하니 지금도 눈물이 나고 가슴이 아파온다. 좀 더 살뜰하게 살펴드리지 못한 후회와 죄송함이 말할 수 없이 밀려온다.

　"주 안에서 죽는 자는 복이 있도다"(계 14:13)라는 하나님의 말씀 때문에 그래도 위로가 된다. 어머니는 주 안에서 평안을 누리시다가 주님 곁으로 가셨기 때문에 자녀들의 부족함을 주님이 채워주셨으리라 믿고 싶다.

행복한 여정

♥　　　나는 다행히도 보석에 별로 관심이 없어 진짜 가짜 분별도 못 한다. 결혼할 때도 백금 가락지로 둘이 커플링을 한 것이 전부이다. 어머니께서 서운해하시며 돈을 주셨는데도 그것으로 신랑 양복을 대신 산 기억이 난다. 그 흔한 다이아 반지를 껴본 적도 없지만 하나도 부럽지 않다.

그런데 어떤 교인이 모조품이라면서 1달러짜리 유리 반지를 주어 끼고 다닌 적이 있다. 식당에서 밥을 먹는데 앞에 앉은 교인이 나를 보더니 1캐럿은 돼 보인다고 물어서 오해할까 봐 가짜라는 것을 밝힌 적이 있다. 내가 끼고 다니니까 가짜도 진짜처럼 보인다고 큰소리쳤더니 옆에 있던 언니한테 누가 봐도 다 가짜인 줄 아는데 너만 모른다고 핀잔을 들었다.

평생을 바쳐 성공의 사다리를 꼭대기까지 올라왔는데 막상 오르고 나서 보니 그 사다리가 엉뚱한 벽에 걸쳐있더라는 이야기가 있다(토머스 머튼). 진짜인 줄 알고 열심히 살아왔는데 다 와서 보니 가짜라는 것을 너무 늦게 알았을 때의 당혹감은 이루 말할 수 없을 것이다. 이제 나이가 드니 인생이 조금 보이는 것 같다. 진짜가 아닌 것에 매달리며 안간힘을 쓰는 모습을 보면 안쓰럽지만 그도 살아봐야 깨닫게 될 것이다.

비가 올 때 가방으로 비를 막으면 그 가방은 짝퉁이고 그 가방을 가슴에 숨기면 명품 가방이라고 한다. 사람도 고난이 왔을 때 그 사람의 인생의 진가를 알 수 있을 것이다. 고난은 우리의 삶을 진짜로 만드는 지름길이다. 고난을 겪지 않은 사람은 인생을 말할 자격이 없는 것 같다. 우리의 인생은 즐거움도 있지만 억울함과 원통함과 아픔과 고통으로 가득 차있기 때문이다.

그동안 불길 같은 뜨거운 시련도 통과하고 깊은 구덩이 같은 땅바닥에서 뒹굴며 헤매기도 하는 세월을 지냈지만 그런대로 견딜 만한 인생의 행로를 잘 지나온 것 같다.

"우리의 년수가 칠십이요 강건하면 팔십이라도 그 년수의 자랑은 수고와 슬픔 뿐이요 신속히 가니 우리가 날아가나이다."(시 90:12) 쏜살처럼 날아가는 세월을 가짜 목표, 가짜 행복에 맞춰서 억울한 인생을 살아간다면 그것처럼 안타깝고 불행한 일은 없을 것이다.

진짜 인생을 살기 위해서는 고난을 피할 수 없다. 고난은 우리를 명품 인생이 되게 한다. 명품 인생의 여정은 험하고 멀어도 가야만 할 길이다. 그러나 주님은 우리를 홀로 내버려 두지 않으시고 항상 함께해주신다는 약속을 지키셨다. 그래서 그 먼 여정을 주님과 함께 여기까지 올 수 있음을 감사드린다. 아직 남은 여정이 있지만 지금까지 동행해주신 그 지극한 사랑으로 함께 갈 것을 기대하며 행복한 여정에 감사할 뿐이다.

"나의 가는 길을 오직 그가 아시나니 그가 나를 단련하신 후에는 내가 정금같이 나오리라."

(욥 23:10)

행복한 소망

♥   소망은 살아갈 수 있는 힘을 준다. 사람은 소망을 잃어 버리면 삶의 의욕이 상실된다. 우리에게는 놀라운 부활의 소망이 있기 때문에 아무리 어려운 일을 당하여도 참고 견딜 수 있다. 부활이 없다면 우리가 가장 불쌍한 사람이라고 성경은 말한다. "만일 그리스도 안에서 우리의 바라는 것이 이생뿐이면 모든 사람 가운데 우리가 더욱 불쌍한 자리라."(고전 15:19)

성숙한 신앙은 노년의 가장 좋은 동반자이다. 신앙에 인격이 스며들어야 한다. 나이가 들어가도 소망을 잃지 않아야 한다. 살아있는 기쁨을 누리면서 최선을 다하는 노년의 경건함이 주는 아름다움이 있다. 삶의 의미와 품위가 담긴 위엄 있는 노년을 위하여 깨어있어야 한다. 노년에 더욱 행복감을 많이 느끼고 사사로운 감정과 스트레스에 잘 대처해야 한다. 노년의 장점인 삶의 지혜와 넉넉함으로 따뜻한 노인이 되어야 한다.

용서하고 놓아버리는 용기도 필요하다. 비움과 내려놓기를 준비해야 섭섭함이나 노여움에 사로잡히지 않는다. 하나님의 사랑으로 자신을 사랑하고 옆에 있는 사람도 사랑할 줄 알아야 한다. 지혜로운 노인은 겸손하며 만족하고 유머도 있으며 소박한 사랑으로 사람들을 잘 섬긴다.

"지혜로운 자는 사람을 얻느니라."

(잠 11:30)

단조로운 일상에서 남아도는 시간을 보다 지혜롭게 사용해야 한다. 매일 똑같은 일상이지만 하루의 스케줄을 만들어 목적을 찾아 사명을 발견하면 성장하는 기쁨을 누리게 된다. 시작보다 더 중요한 것은 마무리이다. 끝이 좋으면 지나온 많은 부족함이나 실수들도 용서가 된다. 우리의 인생도 아름다운 끝맺음을 위하여 긴장을 늦추지 않아야 한다.

평균 84세 된 칠곡의 8명 할머니들이 한글 공부를 하는 과정을 3년간 촬영한 〈칠곡 가시나들〉이라는 다큐 영화를 보았다. 재미있게 나이 들어가는 모습, 배움이 주는 설렘과 좋은 친구들의 행복한 삶을 그린 이야기가 감동적이었다. "이제라도 배우니 얼마나 좋노!" "사는 거 이리 재밌노!" 행복한 80대 할머니들의 열정과 호기심으로 가득 찬 이야기이다. 배움의 소망이 주는 기쁨을 발견한 시인 할매들! 정말 멋진 노년이다!

"의인의 소망은 즐거움을 이루어도……."

(잠 10:28)

노년에는 더욱 하나님의 말씀을 가까이하고 기도에 힘쓰며 성령과 함께 동행하는 "신의 성품에 참예하는 자"(벧후 1:4)로 천국의 소망으로 살아가야 한다. 여선지자 안나는 결혼 후 7년 만에 사별하여 84년을 과부로 살았다. 성전을 떠나지 아니하고 주야에 금식하며 기도함으로 섬기며 하나님께 감사하며 아기 예수에 대하여 말하며 하나님 나라를 기다리는 소망으로 평생 살아냈다(눅 2:36-38).

우리가 잘 아는 나오미는 행복한 노년기를 맞이하였다. 이민을 가서 남편과 두 아들을 잃고 괴로운 삶을 살다가 며느리들을 떠나보내는 결단을 하였다. 그런데 작은며느리의 동행으로 나오미는 새로운 노년을 맞이하게 된 것이다. 쓰디쓴 삶이 기쁨이 넘치는 생명의 회복자요, 손주를 키우는 양육자로 섬기는 기쁨을 누리며 노년의 봉양자로 멋있는 인생을 마무리할 수 있게 되었다. 하나님을 바라는 소망이 없었다면 불가능했을 것이다.

"항상 여호와를 경외하라. 정녕히 네 장래가 있겠고 네 소망이 끊어지지 아니하리라."

(잠 23:18)